KB090961

행성B 산문 시리즈　　쓰는 존재

마음이 조금은

헐렁한 사람

송광용 지음

행성B

차 례

빈방 하나 갖자는 마음으로

20대 초반에는 내가 어떤 사람이 되어야 하는가, 하는 고민을 많이 했다. 내가 누군가에게, 또 나 자신에게, 어떤 사람이 될 것인가 하는 물음에 답을 적는 일은 내게 중요한 과업이었다. 많은 현인, 시인, 그리고 지인의 글과 말, 행동을 받아들이며 더듬더듬 답안을 작성해왔다.

답안을 쓰는 데 영향을 끼친 시가 하나 있다. 이해인 수녀의 〈외딴 마을의 빈집이 되고 싶다〉라는 시다. 시인은 외딴 마을에 있는 빈집이 되고 싶다고 고백한다. 그 빈집은, '깔끔하고 단정해도 / 까다롭지 않아 넉넉하고 / 하늘과 별이 잘 보이는 / 한 채의 빈집'이다.

난 이렇게 근사한 빈집은 못 되더라도, 누구나 쉬어갈 수 있는 빈방 하나 정도는 갖자고 다짐했었다. 그래서 마음의 방

하나를 비워두고 수시로 청소했다. 내 안에 빈방이 있음을 가볍고 비어 보이는 웃음으로 드러내기도 했다.

20대를 지나 지금에 이르기까지 그 빈방에 자물쇠를 채우기도 했고, 뿌옇게 먼지 쌓인 채로 내버려두어, 누구도 쉬고 싶지 않은 환경으로 방치하기도 했다.

그래도, 빈방 하나 갖자는 마음은 여전하다. 누군가 내게 싱거운 농담을 하거나, 허술한 웃음을 날리거나, 정리되지 않은 이야기를 늘어놓아도 안심할 만한 빈방 말이다. 꽉 차고 세련되고 진지하기만 한 사람보다, 허술해 뵈고 헐렁하고 빈 듯해 보이는 구석을 가진 사람이 내겐 더 매력적이다. 난 헐렁해서 너그러워진 나를 날마다 만나고 싶다. 내가 가장 자주 만나는 사람이 바로 나 자신이니까. 다른 사람에게도 그런 나를 소개해주고 싶다.

내 뜻대로 되지 않는 세계를 살다 보면, 때때로 누구에게도 얕보이지 않을 치밀한 논리를 갖고, 헛소리는 한마디도 않을 것 같은 사람이 되고 싶을 때가 있다. 값싼 웃음은 조금도 허락하지 않을 것 같은 사람으로 재무장하고 싶을 때가 있다. 실제로 경계를 소홀히 해 이런 상태로 전락(?)할 때도 가끔 있다. 도무지 참을 수 없어서 내 안의 빈방을 걸어 잠그고, 단단히 무장한 채 길을 나서기도 한다. 그리고 나가서 다시 돌아왔을 때, 난 꽤나 지쳐 있다. 앞으로도 세계가 내 뜻대로는 되지 않을 테고, 빈방을 숨겨야 할 상황이 수시로 닥쳐오겠지만, 그렇다고 해서 그런 나를 답안으로 쓰지는 않을 것이다.

완전히 마음이 헐렁해지지는 못해도 마음이 조금은 헐렁한 사람으로, 누군가가 잠시라도 쉴 수 있는 그런 마음을 지향하며 살아갈 것이다. 헐렁한 사람들은 언제나 내게 영감을 주었다. 그리고 나를 키웠다. 빈틈없는 사람을 동경하는 사람도 있겠지만, 난 노력해 만든 마음의 빈 공간을 동경한다.

20대에 시작한 물음의 답은 언제나 여유롭고 단정한 빈방에 있다. 난 그 방으로 나 자신과 다른 사람들을 초대한다. 난 빈방에서 입을 벌리고 침을 흘리며 낮잠을 잔다. 그리고 꿈을 꾼다. 사람들이 수다 떨며 쉬었다 가는 꿈을. 어느 날 문 열고 들어온 주인이, 마음에 드는군, 하고 말하는 꿈을.

처음 마음에 빈방을 갖겠다고 다짐했던 스무 살에서 20여 년 남짓한 시간이 흘렀다. 그 시간 동안 대학생으로, 선생으로, 남편으로, 아빠로 살았다. 이 책에 실린 글들은, 스무 살에서 지금까지 보고 겪은 것들을 소재로 삼았다. 지향하는 생각과 마음, 성장한다는 것, 농담들, 그리고 글쓰기에 대해서 썼다. 이것들을 생각하고 쓰는 일 모두, 짐으로 가득한 방을 빈방으로 정돈하는 과정이었다고 생각한다.

크고 작은 성취에는 늘 고마운 이들의 지분이 들어가 있기 마련이다. 책을 내는 일은 더욱 그렇다. 글들을 발견해준 행성 B 출판사와 여미숙 편집자, 마음에 꼭 드는 제목을 찾고 책의 꼴을 갖추는 데 도움 준 고여림 편집자께 감사드린다. 이 책의 많은 글이, 아직 다듬어지기 전 블로그에 매달려 있을 때 최초의 독자들이 있었다. 그들의 격려와 그들과의 소통이, 계속 쓰는 사람으로 남는 데 큰 힘이 되었다. 그들에게도 감사의 말을 전한다. 오랫동안 내가 쉴 빈방이 되어주었던 엄마, 내가 조금 더 헐렁한 사람이 되고 싶도록 만들어주는 아내와 두 딸에게도 고맙다는 말을 전하고 싶다.

사랑할 이유에 정해진 공식은 없다. 도무지 사랑할 게 없어 보이는 사람도 누군가에게 사랑받는다. 나도 그렇고, 모두가 그랬다. 사람들은 비효율과 비합리의 결정체인 사랑을 먹고서야 온전히 자라난다. 우리에게 진짜 소중한 것들은, 의외로 헐렁하다.

세계는 우리에게 점점 더 엄밀함을 요구한다. 그런 세계는 AI 같아 보이는 사람들을 환영한다. 그런 세계와 사람들 사이에서, 사람만이 만들 수 있는 작은 틈을 그리워하는 이들에게 이 책이 작은 공감을 전해줄 수 있기를 바란다.

2020년 5월

송광용

1장

조금 헐렁한 마음

뺄셈의 부드러움에 대하여

밤에 고등학생들이 줄지어 걷고 있다. 밤새 걷는 여정 속에서 그들은 이 친구, 저 친구와 대화도 하고 생각도 한다. 평소 소원했던 친구에 대한 이야기도 하고, 좋아했던 친구에 대한 마음도 터놓는다. 무얼 한다는 목적은 없다. 그저 정해진 곳까지 함께 걸을 뿐이다.

온다 리쿠의 소설 《밤의 피크닉》(권남희 옮김, 북폴리오, 2005)은 고교생들이 밤을 새워 80킬로미터를 걷는 행사인 '야간 보행제'에서 일어난 이야기를 그린다. 이 소설 속 친구들의 대화엔 빛나는 부분들이 있다. 한 친구가 다른 친구들을 어른스럽다고 평가하는 장면이다.

"나, 전혀 야무지지 않아."

"아냐. 타인에 대한 부드러움이 어른의 부드러움인걸. 뺄셈의 부드러움이랄까."

(…)

"대체로 우리 같은 어린아이들의 부드러움이란 건 플러스 부드러움이잖아. 뭔가 해준다거나 문자 그대로 뭔가 준다거나. 그러나 너희들 경우는, 아무것도 하지 않아주는 부드러움이야. 그런 게 어른이라고 생각해."

'뺄셈의 부드러움'은, 뭔가 해주는 '플러스 부드러움'과 대비되는 말이다. 아무것도 하지 않는 부드러움. 자세한 설명은 나오지 않지만, 누군가를 담담히 지켜봐주고 믿어주는 자세를 말하는 게 아닐까 싶다. 소설에선 이 뺄셈의 부드러움이 어른의 부드러움이라고 말한다.

이 소설을 읽은 20대 시절 이 대목이 더 빛나 보였던 이유는, 누군가에 대한 애정과 마음을 표현할 때 온통 '플러스 부드러움'으로 가득 찼던 시기였고, 언젠가는 어른의 부드러움을 가진 사람이 되고 싶다는 열망이 일어서였을 것이다.

나이를 먹고 사회생활을 하다 보면, 이 '뺄셈의 부드러움'을 가지기가 쉽지 않다는 사실을 깨닫게 된다. 누군가에게 뭘 해주고, 뭘 안겨주면서 격려하는 일은 기분과 상황에 따라 얼마든지 쉽게 할 수 있다.

— 상을 받은 아이에게 장난감을 사주는 일

— 프로젝트에서 성과를 낸 직원과 부서에게 회식비를
  건네며 격려하는 일

— 어려운 시험을 통과한 친구에게 박수를 치며 축하해
  주는 일

— 좋아하는 사람에게 꽃다발을 건네거나 깜짝 선물을
  주는 일

　이런 일들이 플러스의 부드러움이라고 말할 수 있다. 이런
상황에서 이렇게 반응하는 건 자연스러운 일이다. 그러나 다
음과 같은 상황에서 부드럽게 반응하기란 쉽지 않다.

— 중요한 시험을 망친 아이를 조용히 바라보는 일

— 오랫동안 준비해온 프로젝트를 실패한 직원에게 상
  사가 화내지 않는 일

— 별로 좋아하지 않는 사람과 함께 뭔가를 해야 할 때
  내색하지 않고 담담하게 어울리는 일

— 어떤 일을 맡은 사람이 못 미더워도 티를 내지 않고
  잠잠히 기다려주는 일

이런 일들이 어려운 이유는 기분만으로 할 수 있는 일이 아니기 때문이다. '플러스의 부드러움'이 어떤 상황에서 사람이 표현하고 싶은 본능에 가까운 일이라면, 위와 같은 상황에서 별다른 액션 없이 부드러움을 보이는 것은 '본능'을 거스르는 일이다. 인격의 성숙이 필요한 일이며, 평소 사람을 보고 대하는 태도와 관계된 덕목이다. 그래서 더 어렵다.

사회생활을 하면서 많은 어른을 만나지만 진짜 '어른다운 어른'이라고 꼽을 만한 경우는, 바로 이 '뺄셈의 부드러움'을 가진 분들이었다. 그런 분들을 보면 늘 그 자리에서 주변을 있는 그대로 비추는 잔잔한 호수가 떠오른다. 잔잔한 호수는 그저 앞에 서기만 해도 나를 비춰준다. 나에 대해 이러쿵저러쿵 말을 듣지 않아도, 부끄러운 내 모습이 보인다.

'부드러움'은 아직 내 것이 아니다. 사람들은 모두 마음에 나무토막 하나를 갖고 태어난다고 생각한다. 어떤 이들의 나무토막은 태어날 때부터 반질반질하다. 이건 극소수의 경우다. 나처럼 대패질이 많이 필요한 나무토막이 대부분이다.

'부드러움'이라는 건, 외부의 것을 더하고 쌓는다고 얻을 수 있는 게 아니다. 부드러움은 나무토막 안에 감추어져 있다. 거친 나무토막을 오래 대패질하면 크기는 점점 작아지지만, 더 부드러워진다. 양적 성장의 갈망, 세상이 인정해주는 성취의 추구, 타인에게 더 큰 영향력을 끼치고 싶은 욕구 따위만 추구하다 보면 나무토막 안에 숨겨진 나의 부드러움을 만나기 어려워진다. 부드러워지기 위해선, 마음속의 가시와 내게 붙어 있던 거스름을 밀어내는 과정이 필요하다. 지금보다 작아 보이게 되는 건 감수해야 한다. 어떤 대패질과 사포질도 나무토막을 더 크게 만들 수 없기 때문이다.

그래서 부드러움을 추구하는 일엔 용기가 필요하다. 별 볼일 없어 보이고, 초라해 보이는 건, 누구에게나 두려운 일이기 때문이다. 뭔가 큰 목표를 향해 나아가는 사람, 큰 생각을 품은 사람에게는 사소한 걸 희생시키는 일이 좀 쉬울지도 모른다. 난 그렇게 원대하고 터프하게 살기를 바라지 않는다. 세월과 함께 덕지덕지 붙은 것들을 깎아내고 한없이 작아진 후에, 나에게 부드러움이 남길 바란다. 누군가는, "뭐야, 기껏 작은 나무토막이 남았네."라고 할지도 모르겠지만.

뺄셈의 부드러움이, 나이 들거나 높은 지위에 있는 사람들만의 전유물은 아니다. 나이가 어려도 친구나 주변 사람을 대할 때 이런 부드러움의 태도를 보이는 사람이 있다. 이런 누군가를 만날 때, 사람들은 그를 보고 '어른스럽다'고 평가한다.

한 발짝 뒤에서 미숙한 이를 기다려주고, 널 믿는다는 눈빛을 보내주며, 뭔가 실수를 해서 누군가가 자신을 더 질책하고 있을 때, 아무 말 없이 괜찮다는 미소를 보내주는 어른이 되고 싶다. 점점 진짜 어른이 부재한 시대가 되어가고 있다. '뺄셈'이 더욱 간절해지는 이유다.

삶의 이야기를 설계하는 일

제이슨은 한 가정의 가장이다. 그는 열세 살인 딸 레이철과의 갈등으로 골치가 아프다. 어느 날 딸의 옷장에서 마약이 발견되고, 딸은 그녀를 이용하는 질 나쁜 남자 친구를 사귀고 있었다. 그 때문에 제이슨과 딸의 관계는 나빠질 대로 나빠진다.

제이슨은 친구를 만나 고민을 털어놓는다. 글을 쓰는 친구는 엉뚱하게도 제이슨에게 '이야기'에 관해 말한다. 제이슨의 딸이 나쁜 이야기에 갇혀 있다고 말이다. 제이슨은 이상하게도 '이야기'에 관한 친구의 말에 관심이 간다.

"이야기에는 무언가를 원해 갈등을 극복하고 그것을 얻어 내는 인물이 있지."

친구와 헤어지고도 제이슨의 마음엔 그의 말이 계속 맴돈다. 제이슨은 그 말이 자신과 딸의 문제를 해결할 단초가 될지도 모른다고 생각한다. 제이슨은 일단 딸에게 고함치는 걸

멈춘다. 그리고 막연하게 뭔가를 찾기 시작한다. 그는 인터넷 검색을 하던 중, 전 세계에 고아원을 지어주는 기관이 있다는 사실을 알게 된다. 그건 자신의 가족이 함께 해볼 만한 '좋은 이야기'라는 생각을 떠올린다. 그 기관에 전화를 걸어 비용을 물어보니 얼마 전 주택 융자를 받은 그에겐 버거운 액수였다. 하지만 그날 밤에 그는 아내와 딸을 불러다놓고, 자신이 어느 마을에 고아원을 지어주겠다고 선언한다.

처음에 아내와 딸은 그를 이상하게 본다. 그날 밤 잠자리에서, 그는 아내에게 자기가 아까 한 말의 의도를 이야기한다. 가족이 모험을 하지 않고 남을 돕지 않으니 딸이 흥미를 잃고 있다고 말이다.

다음 날 아내가 제이슨에게 다가와 그가 자랑스럽다고 말한다. 제이슨은 아내에게 미리 얘기하지 못해서 미안하다고 사과하고, 아내는 우리가 함께 고아원을 지을 거라고 대답한다. 며칠 후 그의 딸 레이철은 안방에 들어와서 제이슨과 아내에게, 멕시코에 같이 가자고 이야기한다. 자신의 SNS에 고아원 이야기를 하면 사람들이 도와줄 거라면서, 멕시코에 가서 고아원 아이들의 사진을 찍고 싶다고 한다. 그의 딸은 얼마 지나지 않아, 남자 친구와도 헤어진다. 제이슨은 다시 만난 친구에게 이렇게 이야기한다.

"영웅 역할을 연기하는 여자치고 자기를 이용하는 남자와 데이트하는 사람은 없어. 딸은 이제 자기가 어떤 존재인지 알아. 잠시 잊었던 것뿐이지."

도널드 밀러의 책 《천년 동안 백만 마일》(윤종석 옮김, IVP, 2010)에 나오는 이야기다. 제이슨은 저자의 친구이며, 이 이야기 역시 저자의 실제 경험담이라고 한다. 이 이야기를 읽고 나서 난 큰 깨달음을 얻었다. '내'가 주인공이 되는, 삶의 좋은 이야기를 설계하는 일이 얼마나 중요한가! 우리는 주어진 상황에 수동적으로 반응하면서 살아갈 수도 있고, 주도적으로 이야기를 만들어나갈 수도 있다. 그 선택에 따라 우리 삶은 지루한 영화 같은 이야기가 될 수도, 모험소설 같은 흥미진진한 이야기가 될 수도 있다.

나를 비롯해 우리 모두는, 내가 만든 이야기에서만큼은 주인공, 더 나아가 영웅이 되고 싶어 한다. 난 아주 어릴 적부터 그런 욕망을 느끼며 자라왔다. 난 내가 영웅이 되는 이야기를 자주 상상하곤 했다. 심지어 그 상상은 교회에서 예배를 드리는 동안에도 이어졌다. 불경스럽게도 말이다. 설교의 맥을 놓치고 몽롱해지기 시작하면 몇몇 인물들이 내 머릿속에 등장할 준비를 했다. 그러다 큐 사인이 떨어지면, 갑자기 예배당에 레이저를 발사하는 악당이 나타나 사람들을 공포에 빠뜨린다. 그때 내가 분연히 일어나 그간 숨겨온 초인적인 능력을 발휘하며 악당에게 몸을 날린다. 사람들은 말한다.

"오~ 주님, 감사합니다. 저 아이를 보내주셨군요!"

"쟤 누구야? 아는 애야? 엄청나군."

내가 평소 호감을 느꼈지만 감히 말도 걸지 못했던 여학생은 이렇게 말한다.

"쟤 주일학교에서 지난주에 나랑 같은 줄에 앉았었어! 저런 애를 몰라보다니!"

난 평소엔 드러나지 않은 영웅, 별 볼 일 없어 보였지만 엄청난 잠재력을 지닌 인물이 되길 원했다. 나의 현실은, '영웅'이라는 말만 빼면 다 들어맞았다. '평소엔 드러나지 않는', '별 볼 일 없어 보이는'이라는 말까지만. 나뿐만 아니라 누구나 그럴 거라 생각한다. 어떤 이야기 속 주인공이 되고 싶은 열망 말이다.

어쩌면 나쁜 길로 빠져든 아이들은, 자신을 주역으로 만들어줄 이야기를 찾아 나서다가 나쁜 이야기 속으로 걸어 들어간 것일지도 모른다. 아이는 주도적인 역할을 할 수만 있다면 이야기가 좋든, 나쁘든 상관하지 않을 것이다. 부모가 누군가를 돕는 일에 꾸준히 시간과 돈을 들이고 있다면, 그리고 그 일에 아이들이 동참할 수 있도록 작은 공간을 만들어 주었다면, 그 부모는 아이를 위해 '좋은 이야기'를 설계한 셈이다. 이는 누군가를 돕고 얻는 보람 이상의 것을 아이들에게 줄 것이다. 바로 좋은 이야기 속 주역이 될 기회 말이다.

가정과 직장에서, 남을 돕고 구성원 모두가 참여할 수 있는 '좋은 이야기'를 설계하는 일은 많은 문제를 해결할 수 있다. 이런 이야기를 가진 가정이라면, 아이들이 엇나가기 힘들 것이다. 이런 이야기를 가진 직장이라면, 자발적으로 행동하는 직원이 많아질 것이다. 이런 이야기가 있는 교실이라면, 학교에 오고 싶은 학생이 많아질 것이다.

좋은 이야기를 '읽는 것'만으로는 충분하지 않다. 나와 내 주변이 좋은 이야기 자체가 되도록 하는 것이 중요하다. 레이저를 쏘며 나타난 악당에게 달려드는 영웅의 이야기는 이 나이가 된 지금까지도 내 마음속에서 오랜 시간 변주돼왔다. 악당의 모습, 내가 도울 사람들, 배경만 계속 바뀌어온 셈이다.

내 이야기 속에서 영웅이 되는 일은 '타인'을 빼놓곤 상상할 수 없다. 우린 꽤 오랫동안 네 행복이 제일 중요해! 라고 외치는 소리를 들어왔다. 이건 마치 나 자신만 거스르지 않으면 행복으로 직행할 수 있다는 말처럼 들린다. 정말 행복은, 나

하나만 있으면 충분한 걸까.

　우리의 진짜 갈망은, 크든 작든 좋은 이야기 속에서 주인공이 되는 게 아닐까. 그 이야기 속엔 수많은 타인이 존재할 것이다. 자기 것만 계속 더해간다면 과연, 우리의 오랜 갈망을 채울 수 있을까. 이 시대에 나와 내 주변 사람들을 위해 어떤 이야기를 설계할지 고민하는 태도가 중요한 이유다.

꿈을 어떤 방식으로 이야기할까

"음, 소방관이요?"

유치원 다닐 때, 생일 파티를 앞두고 선생님이 네 꿈이 뭐냐고 물었을 때, 난 그렇게 답한 것 같다. '꿈'이라는 말을 '직업'으로 퉁쳐도 된다는 인식이 생겼던 시기가 대강 그때인 듯하다. 초등학생 시절엔 범죄자를 잡는 형사가 되고 싶었다. '공무원'이 안정적이라서 그렇게 얘기한 게 아니란 건 확실하다. 그때 누군가 공무원 어쩌고 했다면, 난 아마도 "뭐, 공원?"이라고 엉뚱한 소리를 했을지도 모른다. 이들 직업엔 다른 사람들의 삶에 공적으로 영향력을 끼친다는 공통분모가 있다. 당시엔 다른 이들에게 '폼나게' 영향을 주는 사람이 되고 싶었던 것인지도 모르겠다.

중학생이 되어 이도 저도 다 귀찮아졌을 때 누가 내게 장래희망을 물으면, '평사원'이라고 대답했다. 튀는 것도 싫고, 귀찮은 것도 싫고, 그저 내 한 몸 건사하면서 조용히 지내고 싶어서 했던 대답이다. 평사원이 그런 존재라는 건 아니고, 아무 것도 하기 싫다고 말하면 주변의 걱정을 들을 것 같아서 제일 평범해 보이는 직업을 말했던 것이다. 뭐, 어릴 땐 그랬다. 뭐가 될 것인지, 한 가지 직업은 꼭 붙들고 있어야 했다. 그렇게라도 하지 않으면 생각 없어 보이거나, 부모님을 난처하게 만들 수도 있었다. '공무원'이나 '평사원' 같은 말로 집약되던 꿈을 다른 방식으로 말할 수도 있겠다는 생각이 든 순간은 학창 시절로부터 한참 멀어진 후였다.

일이나 사회적 지위에 생의 의미를 둔 많은 이가 어떤 목표를 이루고 난 뒤에 공허감을 느끼고 삶의 흥미를 잃어버리는 이유는, 그들의 소망이 '무엇이 되고 싶다'에 초점이 맞춰져 있기 때문이라고 생각한다.

이 문제를 해결하기 위해선 '소망의 명제'를 수정하는 게 필요하다. '무엇이 되고 싶다'보다, '어떤 사람이 되고 싶다'에 집중하는 것이다. 전자의 '무엇'은 역할이나 지위 따위를 의미한다. 뭔가를 소유할 수 있는 자리에 도달한 것이다. 그 명제는 자신의 꿈을 현재 진행형이 아닌, 마지막으로 결정된 자리에 둠으로써 더 나아갈 곳이 없게 만든다.

언젠가 〈비정상회담〉이라는 방송에 출연한 영국의 탐험가

제임스 후퍼가, 꿈에 그리던 에베레스트를 최연소로 등반한 후 우울증에 빠졌던 이야기를 했다. 그 얘기를 듣던 MC 유세윤은, "나도 개그맨이라는 꿈을 이루고 나서 미래에 대한 기대감이 줄어 우울증을 겪었다."고 고백했다. '꿈'이라고 불리는 것을 이루기 힘든 시대에 살다 보니, 허망해져도 좋으니 그거 한번 이루어 봤으면 좋겠네, 하는 사람이 많을 것이다. 하지만 꿈을 이루고 나서 공허함에 이르는 사람이 의외로 많다는 사실에 놀라기도 한다. 그런 사람들은 소망대로 무엇이 되었지만, 이미 되어버린 그 '무엇'을 옷처럼 입고 배회할 뿐이다.

반면 '어떤 사람이 되고 싶다'고 표현된 꿈은 계속 생동한다. 쉽게 도착하기 어려운 지점임과 동시에, 지금 여기에서, '무엇이' 되지 않아도 생의 의미를 만들어낸다. 물리적 성취보다 자족함에 가까운 것이다. 그리고 그것은 인격과 자아의 성장도 포함한다.

예를 들면 '의사가 되고 싶다.'와 '사람을 살리고 회복시키는 사람이 되고 싶다.'라는 명제의 차이다. '작가가 되고 싶다.'와 '다른 사람들에게 글로 영향력을 끼치는 사람이 되고 싶다.'라는 명제의 차이다. '교사가 되고 싶다.'와 '누군가의 삶에 좋은 씨앗을 심는 사람이 되고 싶다.'라는 명제의 차이인 것이다.

이 명제들 사이의 간극은 생각보다 깊고 넓다. 앞의 명제에

선 작가나 의사가 되고 나면 더 나아갈 수 없게 된다. 하지만 뒤의 명제에선 '무엇이' 됐든 되지 못했든 길은 끝없이 열려 있다.

누군가가 '나는 글로 타인의 마음에 영향을 끼치는 사람이 되고 싶다.'라는 명제를 품고 글을 쓰는 이상, 훗날 그가 프로 작가가 된다고 해도 그 꿈은 변치 않고 이어질 것이다. 죽을 때까지, 펜을 놓을 때까지 말이다. 그렇게 되면 그의 꿈은 시들지 않고, 계속 그 자신에게 성장의 동력을 불어넣게 된다. 설령 프로 작가가 되지 못한다고 하더라도, '나는 현재 글로 타인의 마음에 영향을 주는 사람'이므로, 삶의 의미를 품고 걸어갈 수 있게 된다.

또한 이 명제는 성취의 본질에 더 가까이 다가가게 하는 보호 장치도 된다. 의사가 되더라도 돈이나 다른 가치 때문에 사람을 상하게 하는 의사가 되면 안 되는 것이다. 기자가 되더라도 함부로 쓴 기사 때문에 선의의 피해자가 나와선 안 되는 것이다. '어떤 사람이 될 것인가' 하는 명제는 그 목표가 품고 있는 '사명'을 수시로 환기해준다.

그래서 어른들은 아이들에게, 너희의 꿈이 뭐냐고 물을 때 대답을 듣는 것으로 그치지 말아야 한다. 무엇이 되느냐가 중요한 것이 아니라, 어떤 사람이 되느냐가 중요하다고 말해야 한다. 아무리 '무엇'이 되는 것 자체가 힘든 세상이라도 그거면 다라고, 거기까지 도달하면 끝이라고 말해선 안 된다. 그 말은 거짓말이다. 많은 어른이 성공했지만 아이러니하게도 실패하고 있는 길을 옳다고 말해선 안 된다.

아이들에겐 그런 어른이 필요한 게 아닐까. 네가 비록 그 '무엇'이 되지 못하더라도, 가치 있는 일을 하는 사람이 된다면 멋진 길을 가는 거라고 말해주는. 어쩌면, 오늘도 앞만 보고 달려가는 어른들에게 더 필요한 말인지도 모르겠다.

울타리 밖의 괴물

'이웃 나라와의 갈등 사례'라는 주제로 수업을 했다. 그즈음 야스쿠니 신사에서 폭발 사건이 일어났다. '야스쿠니 신사'는 우리나라와 일본 사이의 해묵은 갈등 요소라, 마침 들려온 뉴스를 사례로 들었다.

야스쿠니 신사 화장실에서 폭발물이 터졌고 유력한 용의자는 CCTV에 찍힌 한국인이었다. 일본 당국이 이 용의자를 붙잡아 자세히 조사할 예정이라는 얘길 전하자, 한 아이가 "잘했구나!"라고 내뱉었다. 아이의 반응은 거의 반사적이었다. 난 그 아이에게 물었다.

"뭘 잘했다는 거지? 테러를? 아니면 그 대상이 일본인이라는 거?"

언젠가 과학 시간에도 비슷한 일이 있었다. 지진에 대해 공부할 때였는데, '일본의 고베 지진' 사례를 보자마자 어떤 아이가 '잘됐다'고 표현한 것이다.

'갈등 사례'라는 주제를 잠시 돌릴 수밖에 없었다. 일본에도 우리와 같은 사람들이 산다. 그들에게도 가족이 있고, 테러를 당해 죽게 된다면 슬퍼할 친구들이 있다. 그 점에선 우리와 똑같은 사람들이다. 그런 일본인들이, 갑자기 한국인이든 누구에게든 테러를 당해 죽는 일이 정당한지를 물었다. 태어나면서부터 지금까지 아이들의 머릿속에 차곡차곡 쌓여 화석화된 우리나라와 일본의 관계 설정이 흔들리는 게 느껴졌다. 처음에 아이들은 선뜻 대답하지 못했지만, 대화가 끝날 때쯤 아이들 대부분은 테러의 피해자가 될 뻔한 사람들이 우리와 같은 '인간'이라는 점에 동의하기에 이르렀다.

아이의 무의식적이고 즉각적인 반응이 그 아이의 것만이 아님을 안다. 우리는 수많은 사람을 '타자화'하고 있다. 타자화란, 타인을 대상화하고 물화(物化)시키는 것이다. 동등한 인격을 가진 존재로 보지 않는다는 말이다. 어떤 사회에서는 내부의 결속을 다지기 위해 타자화의 전략을 쓴다. 이 전략은 내부와 외부를 경계 지음으로써 '우리'의 우월성을 고취하는 대표적인 전략이다.

역사 속의 괴물, '타자화'

나치가 이 방법을 썼다. 이런 의문이 든 적 없는가. 히틀러와 나치는 600만 명에 이르는 유대인을 학살했는데, 히틀러의 명령을 수행했던 사람들은 모두 비정상이었단 말인가. 최소한의 판단 능력이 있는 사람들이라면 다른 사람을 잔인하게 학살하는 일에 동참할 때 죄의식을 느끼지 않을 수 없었을 텐데.

나치는 전쟁이 일어나기 전부터 '타자화 전략'을 오랫동안 시행했다. 유대인으로 대표되는 다른 민족에 대한 타자화 이전엔, 우생학을 바탕으로 정신장애인, 신체장애인, 불치병을 앓는 사람 등에 대한 차별과 탄압이 이루어졌다. 나치는 아리안족의 위대함과 우수성을 전시하는 한편, 심신이 약한 사람들에게는 딱지를 붙이고 출산을 제한하는 등의 탄압을 진행했다. 7만 명의 정신장애인을 살해하기도 했다. 그 결과 나치 치하의 독일 사람들에게는 세상엔 우수한 종(種)에 속한 사람과, 그렇지 않은 종에 속한 사람이 따로 존재한다는 인식이 생겼다. 그런 인식은 자연스럽게 유대인 박해로 이어졌다.

나치 독일의 군인들은 유대인을 죽일 때 사람을 죽인다고 생각하지 않았다. '죽음의 수용소에서의 삶의 해부'라는 부제가 달린 테렌스 데 프레의 《생존자》(차미례 옮김, 서해문집,

2010)라는 책에선 나치의 군인들이 실제로 유대인 죽이기를 벌레 죽이듯 여겼다고 증언한다.

일제가 우리 민족에게 저지른 만행도 비슷한 맥락에서 이루어졌다. 일제는 조선 백성을 '자신들과는 다른 하찮은 존재인 양' 짐승처럼 끌고 갔고, 노리개처럼 유린했고, 참혹하게 죽였다. 나와 다른 어떤 대상에게 행한 '타자화'의 결과는 이처럼 끔찍하다.

연을 쫓는 아이

우리는 '타자화'의 비극을 다룬 소설과 역사 저술을 어렵지 않게 찾을 수 있다. 할레드 호세이니의 소설 《연을 쫓는 아이》(왕은철 옮김, 현대문학, 2010)도 그중 하나다.

아프가니스탄에 사는 두 종족, 파쉬툰과 하자라. 이 중 80퍼센트를 차지하는 파쉬툰은 하자라를 멸시한다. 같은 이슬람교도지만 파쉬툰은 수니파, 하자라는 시아파이기 때문에 종파적인 갈등도 깊다.

《연을 쫓는 아이》에 등장하는 주인공 아미르와 그의 친구이자 하인인 하산은 각각 파쉬툰과 하자라인(人)이다. 이 책에서 다루는 중요한 주제 가운데 하나가 종족 갈등과 거기서 파생되는 '타자화'에 대한 문제다.

아미르와 하산은 둘도 없는 친구지만 계층적인 차이를 갖고 있다. 둘이 있을 때 아미르는 하산과 격의 없이 어울리지만, 다른 사람들이 집에 놀러오면 하산을 멀리한다. 아미르는 사회적으로 천대받는 하자라인과 친구처럼 어울리는 것이 다른 사람들 눈에 좋게 보이지 않는다는 사실을 어릴 적부터 체득하고 있었다. 하산이 다른 이에게 끔찍한 폭력을 당했을 때 아미르는 그 일을 외면했고, 아미르의 마음에 평생 지워지지 않는 원죄가 되어버린다.

이처럼 이 소설에선 뿌리 깊게 스며든 타 종족에 대한 멸시 내지는 '타자화'를 형상화하고 있다. 이 소설은 우리에게 질문을 던진다. 종족이, 국적이, 그 사람의 가치를 판단하는 기준이 될 수 있는가, 하고.

경보기를 설치하는 일

인류의 역사는 신분과 계급을 잣대 삼아 어떤 대상을 하등한 존재로 취급하던 시대에서, '타자화'를 점점 깨뜨리는 방향으로 진보해왔다. 다른 인간을 물건과 가축처럼 여기는 것이 당연하던 시대가 있었고, 그 단단한 인식의 벽을 무너뜨리기 위해 투쟁하던 시대를 거쳐, '모든 인간은 저마다 가치를 지닌 동등한 존재'임을 가르치는 시대가 되었다. 물론 세계 모든 곳에서 잘못된 인식의 벽을 부수는 과정은 아직도 진행 중이고, 사회마다 인식의 수준 차이는 존재한다.

우린 다른 이들이 나와 동등한 존재라고 공표하지만, 실제론 알게 모르게 타인을 '타자화'한다. 개발도상국에서 일을 구하러 이 땅에 온 외국인을, 나보다 가난하고 나에게 서비스를 제공하는 일을 하는 사람들을, 나보다 덜 중요한 일을 한다고 치부해 함부로 대해도 된다고 생각하기도 한다. 정치적으로 나와 다른 생각을 가진 사람들을 증오하고 그들을 잔인한 말로 공격하기도 한다. 어떤 이도 '타자화'의 혐의를 벗을 수 없을 것이다.

우린 민족이나 국민이기 이전에 인간이다. 그리고 어떤 일을 하는 직업인이기 이전에 인간이다. 어떤 국적을 가졌든, 어떤 생김새를 가졌든, 어떤 모습으로 일을 하든, 우린 모두 존엄하고 서로가 필요한 인류다. 너무도 당연한 이 사실을 기억한다고 해서 당장 서로에 대한 긍휼의 마음이 솟아나지는 않을 것이다. 사람들은 끊임없이 가까이에서 보는 이들을 이런저런 잣대로 판단하고, 내가 보고 듣는 것들이 내 가치관에 얼마나 부합하는지를 견줄 테니 말이다.

우리에게 필요한 것은, 최소한의 선을 넘지 않도록 우리 마음속에 작은 경보기를 설치하는 일이다. 어느 날 내 앞에서 고개를 숙이는 누군가가 하찮게 느껴진다면, 그에게 막말을 해도 괜찮다고 느껴지는 순간이 온다면, 내 생각과 다른 말을 지껄이는 누군가의 입을 짓이겨놓고 싶은 순간이 온다면, 내 안의 경보기가 붉은 빛을 내며 울리도록 말이다. 그 경보기는, '어떤 순간에도 인간을 인간으로 보자.'는 경구를 마음속 회로에 새겨놓을 때 작동한다.

누군가 "울타리 밖에 괴물이 있다!"고 외치면, 우리는 두려워하기 전에 한 번쯤 의심해봐야 한다. 울타리를 가리키는 그 손 말이다. 그 손이 가리키는 우리 안의 진짜 괴물 말이다.

공존을 가르쳐주는 동물

집에서 5분 거리에 처가가 있다. 아이들의 외갓집은 골목 안에 있는 주택이다. 그 골목엔 길고양이 몇 마리가 서식한다. 무척 더운 날 우리가 유모차를 끌고 처가의 대문을 열고 들어서면, 고양이 한 마리가 1층 처마 그늘 아래 배를 드러내고 누워서 우리를 한 번 쳐다본다. 그러고는 귀찮은 듯 다시 반대쪽으로 머리를 누인다. 마당에 누워 있는 고양이는 볼 때마다 다르다. 새끼일 때부터 보아온 오렌지색, 흰색, 검은색이 섞인 녀석일 때도 있고, 흰색 바탕에 오렌지색 무늬가 있는 녀석일 때도 있다.

골목엔 너댓 마리 정도가 오가는 것 같지만, 우리 눈에 익은 녀석들은 대략 세 마리 정도다. 2층에 있는 처가에서 장모님이 생선이라도 굽는 날이면, 열어놓은 현관문의 방충망 너머로 고양이가 어슬렁거리며 움직이는 것이 보인다. 장모님은 고양이에게 호의적이어서 먹고 남은 생선이나 음식을 현관문 밖에 내어두시곤 한다.

아이들은 고양이를 좋아한다. 우리 딸들이 책 밖에서 가장 먼저 본 동물은 바로 이 골목에 사는 고양이들이다. 말도 제대로 할 줄 모르고 옹알이만 겨우 하던 아이들이 처음 고양이와 맞닥뜨렸을 때 손가락으로 고양이를 가리키며, "어어." 하는 소리를 냈다. 아이들은 사람이 아닌 존재가 주변에 있다는 걸 예민하게 알아차리고, 엄마 아빠에게 신호를 주었다. 첫 만남 이후로, 외갓집에 갈 때마다 마주치는 골목 안의 친숙한 존재에 대한 아이들의 놀라움은 이내 반가움으로 바뀐다. 유모차에 타고 있던 아이도, 아기 띠에 매달린 아이도, 골목 어딘가에 몸을 웅크리고 있는 존재를 발견하고는 그들의 언어로 인사를 건넨다.

첫째 딸이 제일 먼저 배운 동물의 언어도, "야옹~"이다. 둘째 딸이 두 살일 때 '엄마' 다음으로 배운 말이, '야옹'과 '멍멍'이다. 그렇다. '아빠'는 '야옹'과 '멍멍'에 밀려버렸다. 그래도 난 별로 서운하지 않다. 오히려 이 골목의 고양이들에게 고마운 마음이다. 이 고양이들은, 이 세상엔 인간이 아닌 다른 존재도 우리와 더불어 살아가고 있음을 아이들에게 가르쳐주기 때문이다.

난 고양이를 키웠거나, 가까이 한 적이 없었다. 고양이를 개보다 조금 못한 동물로 여겼던 것도 사실이다. 에드거 앨런 포의 〈검은 고양이〉 속에 나오는 스산한 느낌의 고양이 이미지가 마음에 각인되어 있었다. 늘 개를 키우고 싶었고, 실제로 개를 키운 적은 있어도 고양이를 키우고 싶다고 생각한 적은 없었다. 고양이는 내게 호감을 주는 동물이 아니었다. 사람을 '개과'와 '고양이과'로 나눌 수 있다는 말을 듣고는, 내가 '개과'라는 평가를 들었으면 좋겠다고 생각하는 게 당연한 일이었다. 하지만 처가 골목의 고양이들을 만나면서 그런 마음이 확 바뀌었다.

그들이 골목에서 살아가는 방식, 투쟁적이고 끈질기게 생명을 이어가는 모습은 경의를 표하기에 충분했다. 늘 주변을 맴돌지만, 쉽게 곁을 내어주지 않는다. 그렇다고 달라붙지도 않는다. 한 번씩 존재감을 알려주는 것만으로 충분하다. 귀찮은 듯 바라보지만 다른 존재를 전혀 무시하지도, 경계를 풀지도 않는다. 잔인한 겨울에도 어떻게든 살아남아 골목을 어슬렁거린다. 어디선가 동사한 고양이가 있다는 소문이 들린다. 그 소문과 상관없이 고양이들은 자신들의 삶을 끈질기게 붙든다.

난 그들을 마주할 때면 아이들이 그러는 것처럼 반가움과 조심스러움으로 그들을 대한다. 처가의 대문을 열었을 때, 처마 아래나 수돗가의 물기 앞에 엎드려 있는 그들을 보면 최대한 움직임을 작게 한다. 행여나 나의 불필요한 움직임이 그들에게 위협이 될까 봐 조심한다. 그리고 나를 빤히 쳐다보는 고양이의 눈을 바라보며, 언젠가 배운 고양이의 인사를 한다. 눈을 천천히 두세 번 깜빡이는 것이다. 그리고 웃어 보인다. 나의 눈인사와 미소는 이런 의미를 담고 있다.

"널 만나서 반가워. 난 널 해칠 생각이 없어. 그러니 안심해도 돼. 네가 있다는 것이 좋아. 네가 필요한 만큼 그곳에서 쉬다 갔으면 좋겠어."

잠시 긴장했다가 내 눈인사를 받은 고양이들은, '아저씨, 뭐냐?' 하듯 눈을 한 번 찡긋하고는 다시 나른한 모습으로 돌아간다.

2층 처가로 올라가는 계단 위에서 아이들에게 "고양이한테 인사해."라고 하면, 아이들은 손을 흔들며 첫째 딸은 "안녕~"이라고 하고, 둘째 딸은 "야옹~"이라고 한다. 계단을 오르면서 첫째 딸은, 고양이에 대해 이야기한다. 보통, 왜 혼자 있어? 엄마는 어딜 갔어? 여기가 집이야? 같은 질문을 한다.

난 고양이가 아이의 질문들을 알아듣는다면, 마음 아플지도 모르겠다는 생각을 한다. 그 질문의 답들은, 고양이에겐 아픈 과거사일 것이기 때문이다. 아이가 고양이에게 직접 그 질문들을 한다면 이런 대화가 오갈지도 모르겠다.

> 딸: 왜 혼자 있니?
>
> 고양이: 처음부터 혼자였어. 여럿이 있을 이유가 있니.
>
> 딸: 엄마는 어딜 갔어?
>
> 고양이: 어느 날, 먹이를 구하러 나가서는 돌아오지 않았
> 어. 그것뿐이야.
>
> 딸: 여기가 집이야?
>
> 고양이: 그렇다고 할 수도, 아니라고 할 수도. 누군가가
> 우릴 반겨준다면 우린 그곳을 집으로 여겨. 하
> 지만 집이라는 것이 우리에게 큰 의미가 있는 건
> 아냐.

난 그 골목의 고양이들이 오래 살아서, 내 딸들이 던지는 질문에 직접 대답해줄 수 있기를 바란다. 고양이들의 아픔쯤은 아무것도 아니게 될 나이까지 살아남기를. 딸들이 고양이를 통해, 강인해 보이는 겉모습 이면에 묻어 있는 슬픔을 헤아리는 법을 알게 되기를. 무엇보다 약한 것, 모든 죽어가는 것들을 사랑하는 마음을 배우게 되기를.

캐럴 댄버스가 일으킨 각성

"브리 라슨?"

영화 〈캡틴 마블〉의 라인업이 발표되었을 때, 나도 고개를 갸웃거린 사람들 중 하나였다. 〈캡틴 마블〉은 〈어벤져스〉를 이끌 차세대 주자라고 했지만, 사진으로 미리 접한 이 히어로는 그런 중요한 역할을 맡을 만한 아우라가 느껴지지 않았기 때문이다. 〈블랙 위도우〉의 '스칼렛 요한슨'이나, 〈원더 우먼〉의 '갤 가돗' 같은, 범접할 수 없는 외모의 여성 히어로가 자연스레 오버랩되었다.

영화 〈캡틴 마블〉의 주인공 '브리 라슨'은 개봉 전 몇 달 동안 주요 논쟁거리였다. 개봉 후에도 일부 영화 팬들 사이에서 논쟁은 계속되었다. 나 역시 영화를 보기 전까지 '아, 주인공만 좀……' 하는 아쉬움을 가졌다. 영화를 본 지금은 어떠냐고? 내가 틀렸고, 마블이 옳았다.

영화 개봉을 앞두고, 마블 측에선 이 논쟁에 대한 의견을 밝혔다. 내용은 대강 이렇다.

'〈캡틴 마블〉엔 페미니즘 정신이 녹아 있다. 그 연장선에서 캐스팅할 때 기존 여성 히어로가 가졌을 법한 화려한 외모에 주안점을 두지 않았다. 브리 라슨은 캐럴 댄버스의 복잡다단한 내면을 훌륭하게 표현할 수 있는 배우다.' 영화를 보기 전까지, 의례적인 해명이라 생각했다.

많은 이가 동일한 느낌을 받았겠지만, 〈캡틴 마블〉을 보면서 내가 가진 선입견이 붕괴되는 경험을 했다. 브리 라슨은 단순히 페미니즘의 정신에 입각해서 선택된, '덜 예쁜' 배우가 아니었다. 영화를 보는 내내 난 캐럴 댄버스에 푹 빠져 있었다. 캐럴에겐 과거의 기억을 상실한 아픔이 있지만, 어떤 남성 캐릭터보다 밝고 유머러스했다.

캐스팅 후 발표된 〈캡틴 마블〉의 사진은 캐럴 댄버스를 연기한 브리 라슨의 매력을 온전히 드러내지 못했다. 브리 라슨의 매력은 외모만으로 평가할 수 없는 성질의 것이었다. 그는 기억을 상실하고 자신의 정체성을 더듬더듬 찾는 인물, 임무를 이행해야 하는 이성적 생각과 마음의 소리 사이에서 갈등하는 인물, 낯선 곳에서 만난 닉 퓨리와 농담을 주고받으며 인간적인 교분을 쌓아가는 인물이라는 다양한 내면을 훌륭하게 표현해냈다. 영화를 보고 나서 난 캐럴 댄버스와 속 깊은 애길 주고받는 친구가 되고 싶었다. (지구뿐 아니라 우주의 다른 행성들도 지켜야 하는 빡빡한 스케줄을 가진 그녀가, 나와 차 한잔할 여유도 없을 거라는 사실을 받아들일 수밖에 없었지만.) 이쯤 되니 나 역시, 영화를 보기도 전에 여배우를 단지 외모만으로 미리 재단하는 우를 범했음을 인정할 수밖에 없었다. 미안해요, 사랑해요, 캡틴!

〈캡틴 마블〉은 사회적으로 논란을 일으켰을 뿐만 아니라, 내게 성평등 의식을 일깨운 계기가 되었다. 영화의 초반, 기억을 잃은 채 크리족의 전사로 훈련받는 캐럴 댄버스에게 교관은 '감정적이어선 안 돼, 감정을 통제하라'는 말을 끊임없이 반복한다. 이는 여성이 어떤 일을 완수하거나 도전할 때, 여성이 가진 특질을 버려야 한다는 사회적 통념을 드러낸다. 이런 문제의식은, 캐럴 댄버스가 어린 시절 사내아이들이나 할 법하다고 사회적으로 정의된 일들에 도전할 때 제약을 겪는 장면과 이어진다. 이를 통해 영화는 이 세계의 많은 일이 남성 혹은 여성에게 적합하다고 정의되어 왔으며, 그 통념으로 인해 누군가는 자신의 능력을 온전히 발휘하지 못했다는 점을 꼬집고 있다.

영화 말미에 주인공은 새로운 적에 의해 온몸이 결박되는 상황에 처하고, 너는 이래야 해! 하는 마음속 목소리를 거부하며 새로운 확신에 다다르게 된다. 각성에 이르자, 주인공의 내면에 잠재되어 있던 힘이 발현된다. 온몸의 결박을 떨쳐내면서 캐럴 댄버스는 의미심장한 대사를 외친다.

"난 항상 통제된 상태로 싸워왔지. 내가 자유로워진다면 과연 어떻게 될까?"

이 대사는 단지 그 장면에만 국한되지 않는다. 이건 그간 사회 속에서 여성들이 수많은 억압과 차별, 통제된 상황을 겪어왔고, 이 모든 억압을 깨뜨리고 자유로워진다면 얼마나 많은 여성이 그간 펼치지 못한 잠재된 힘을 발휘할 수 있을 것인가, 하는 문제 제기이다.

대사를 들으며, 나 역시 가슴이 뜨거워졌다. 그간 남성인 내가 젠더와 관련된 사회적 통념에 어느 정도의 문제의식을 갖고 있었던가, 하고 돌아보게 되었다. 수많은 여성이 보이지 않는 억압과 통제와 싸우며 생의 목표를 향해 달려가고 있다는 새로운 각성이 생겨난 것이다. (누군가는 비웃을지도 모르겠다. 그걸 이제 알았느냐고! 지금 안 건 아니지만, 이제야 그 사실이 내 마음속 예민한 곳을 건드렸다고나 할까.) 아이러니하게도 그것은 페미니즘을 다룬 논문이나 대단한 석학의 도서를 통해서가 아니라, 단지 영화 한 편을 통해 얻은 생각이다. 그것도 쏘고 부수고 악을 응징하는 히어로 오락물을 통해서 말이다.

아침에 교실로 전화가 왔다. 체육 선생님이었다. 체육 창고에 있는 매트를 옮겨야 하는데, 남학생 몇 명만 좀 보내달라고 했다. 아이들에게 누가 가고 싶은지를 물었다. 남학생과 여학생 할 것 없이 서로 가겠다고 손을 들었다. 이런 상황일 때 예전엔 힘센 남학생들을 뽑아서 보냈지만, 이번엔 남녀 따지지 않고 골고루 보냈다.

환경 구성을 위해 종이꽃을 잘라야 할 때, 난 손을 든 많은 아이 중에서 미술 잘하는 여학생만 뽑아서 임무를 부여하곤 했다. 아이들에게 수없이 성평등 교육을 했지만, 돌아보면 그건 수사(修辭)에 불과했다. 아이들은 교실 안에서 내가 내리는 여러 선택을 통해, 남자와 여자가 해야 할 일이 따로 있는 것으로 체득해왔을 것이다. 아이들에게 미안하고 부끄러웠다.

'악마는 디테일에 있다'는 말을 허투루 들어선 안 되겠다. 우리는 삶의 사소한 부분에서라도 '남성은 이래야 하고, 여성은 이래야 해', 하는 의식이 발현되지 않는지, 자기 자신을 돌아볼 필요가 있다. 캡틴 마블의 초인적인 힘을 이끌어낸 각성은, 뭇 남성들에게 더 필요하다. 남성들이 각성하면, 이 사회는 지구를 지킬 수많은 여성 히어로를 얻게 될 것이다.

차이를 만드는 사람

　학급에서 아이들을 관찰하다 보면 교실이 사회의 축소판이라는 걸 실감하게 된다. 똑같은 일을 맡겼을 때, 어떤 아이는 자신이 할 수 있는 최소한의 책임을 다한다. 또 어떤 아이는 최소한의 역할도 하지 않아서 지적을 받기도 한다. 이 두 경우는 책임감이 있고 없고를 가르는 기준이 된다. 하지만 이 기준을 넘어선 행동을 하는 아이들도 있다.

　교실의 공동 화분에 물을 주는 당번 아이가, 학급 화분뿐 아니라 친구들의 개인 화분이 말라 있으면 그 화분에도 같이 물을 준다든지, 어떤 친구가 토했을 때 시키지 않았는데도 함께 치우겠다고 나선다든지 하는 행동 말이다. 어른 입장에선 뭐, 그럴 수 있지, 하고 대수롭지 않게 생각할 수 있지만, 아직 자기중심성이 강한 아이 입장에선 의지만 갖고 쉽사리 할 수 있는 일이 아니다. 그런 행동은 자연스레 몸에 밴 태도에서 나온다.

차이가 없는 역할을 수행하면서 차이를 만들어내는 사람들이 있다. 겉으로 보기에 똑같은 일을 하고 있는 것처럼 보이지만, 어떤 사람들은 전혀 다른 결과를 만들어낸다. 우리의 일이라는 게 그렇다. 모든 사람의 칭송을 받는 위대한 일을 하는 사람은 많지 않다. 사람들 대부분은 평범한 삶의 영역에서 누구나 하는 일들을 수행하며 하루하루를 살아간다. 이런 상황에서 진짜 위대함은, 위대하다고 규정된 일을 할 때 생기는 게 아니라, 차이가 없어 보이는 일 속에서 차이를 만들어낼 때 생긴다.

다른 친구의 화분에까지 물을 주거나 친구의 토사물을 치운다거나 하는 일은, 어른의 일상으로 확대되었을 때 다른 양상을 보일 것이다. 최소한의 책임을 넘어서서 굳이 한두 단계를 더 밟아가며 다른 이들의 편의까지 고려해 일을 추진한다든가, 빡빡한 일상에서 누군가의 말을 한 번 더 들어준다거나 하는 일들 말이다. 그 정도야 다 할 수 있는 거 아니야? 라고 할지도 모르겠다. 하지만 실제로 일상과 일터에서의 모습을 스스로 돌아보면 그게 그렇게 쉽지 않음을 깨닫게 될 것이다.

똑같은 일을 하더라도 사람마다 일하는 태도와 방식은 제각각이다. 일을 할 때, 자신의 편의를 중심에 두고 하는 사람은 최소한의 의무를 이행하는 데 만족한다. 가까운 미래엔 AI가 인간의 많은 일을 대신하겠지만, AI가 할 수 없는 일 중 하나는 '사소한 친절'일 것이다. 정해진 업무 매뉴얼이나 의무는 아니지만, 상대방의 입장에서 생각할 때만 나오는 그런 말과 행동 말이다.

우리는 많은 친절 속에서 살아간다. 그래서 그것을 마치 공기나 바람처럼 이 세상에서 흔하디흔한 것으로 여기기도 한다. 친절은 공기나 바람이 아니라, 잘 다듬어져 부드러워진 바위에 가깝다. 한 사람이 베푸는 친절은 오랜 시간에 걸쳐 다듬어진 그 사람의 태도이자 자세다. 흔해 보이지만, 쉽게 나오는 것이 아니다.

서비스업에서는 친절을 가르치고 교육한다. 이렇게 어떤 목적이 있는 친절, 매뉴얼에 포함된 친절은 세상에 많아졌지만, 개인이 인간을 대하는 태도로서의 사소한 친절들은 점차 보기 어려워지고 있다. 자로 잰 듯 정해진 책임과 권리가 강조되는 이 사회에서 사람들은 진짜 친절에 목말라간다. 그래서 사소한 친절을 몸에 잔뜩 묻히고 있는, 부드러운 바위 같은 사람을 만나게 되면 그 존재만으로 위안이 되고 가슴이 뛴다.

같은 자리에 누가 앉아 있느냐에 따라 끼치는 영향력은 달라진다. 우리는 날마다 그 사실을 경험한다. 사무적인 일을 처리할 뿐이었는데 담당자의 예상치 못한 친절과 환대를 받고 가슴이 따뜻해진 경험과, 반대로 담당자의 딱딱하고 고압적인 자세 때문에 불쾌했던 경험을 모두 갖고 있다. 사소하고 사무적인 일일 뿐이라도 진짜 사람을 존중하는 누군가가 행하면 '일'을 넘어서서 희망이 되고 위안이 된다.

앞에 펼쳐진 길을 보며 막막하고 불안한 감정을 느껴본 사람, 지금 누군가의 도움과 위로가 절실히 필요한 사람은 더욱 민감하게 느낀다. 그의 앞에 있는 사람이 일을 수행하면서 자신의 마음을 헤아리려고 하는 그 미세한 움직임을 말이다. 그 부드럽고 미세한 바람에 그의 마음은 파르르 떨린다. 차가웠던 마음에 이내 온기가 돈다. 그런 이들이 있다. 차이가 없는 일을 하면서 차이를 만들어내는.

사소한 친절을 몸에 잔뜩 묻히고 있는 교실 아이들을 보면서 가슴 따뜻해지던 순간들을 가끔씩 떠올려본다. 어떤 아이가 잔뜩 토를 해서 친구들 대부분이 코를 잡고 고개를 돌리던 순간에, 선생님과 함께 치우겠다고 나서던 아이의 눈빛을. 개인적인 일이 있어 이틀간 휴가를 보내고 어깨가 축 처진 채 돌아온 아침에, 교실 문을 들어서자 아이들이 쳐주던 박수 소리를.

사족을 단다. 사소한 친절은 가르칠 수 있는 게 아니다. 우리는 모두 그런 친절을 만나고 싶어 한다. '우리, 그런 사람이 되는 게 어떨까', 라고 말하면 강요하지 말라는 대답을 듣기 십상이다. 의무를 이행하는 것만으로도 버거우니, 내게 그런 책임까지 지우지 말라고 한다. 심지어 너나 잘하라는 얘길 들을 수도 있다. 그건 자연스러운 반응이다. 아내와 드라마를 함께 보다가, 극 중 아내나 남편이 뭔가 잘못을 하거나 반대로 좋은 모습을 보이면 팔꿈치로 상대의 옆구리를 찌를 때가 있다. 그러면서 "저거 좀 봐. 뭔가 깨달아야 하지 않겠어?"라고 한다. 그런 행동은 상대를 부글부글 끓어오르게 할 뿐이다.

'그런 사람이 되는 게 어떨까', 라는 말은 남이 아닌 스스로에게 해야 할 말이다. 내가 이런 글을 주절주절 쓴 이유도, 우선 내가 그리 친절한 사람이 아니기 때문이고, 다음으론 언젠가 차이를 만들어내는 사람이 되고 싶은 소망이 있기 때문이다. 친절하자는 글을 보고 불친절하게 다른 이의 옆구리를 찌를 사람이 꼭 있기 때문에 노파심에서 덧붙인다.

"좋아 보이는 건 자기 마음에 간직하되, 남에게 강요하진 맙시다."

그저 산책을 합니다

산책할 수 있다는 것은 산책할 여가를 가진다는 뜻이 아니다. 그것은 어떤 공백을 창조해낼 수 있다는 말이다. 산책할 수 있다는 것은 우리를 사로잡고 있는 일상사 가운데 어떤 빈틈을, 나로선 도저히 이름 붙일 수 없는 우리의 순수한 사랑 같은 것에 도달할 수 있게 해줄 그 빈틈을 마련할 수 있음을 의미한다.

결국 산책이란 우리가 찾을 생각도 하지 않고 있는 것을 우리로 하여금 발견하게 해주는 수단이 아닐까?

— 장 그르니에가 쓴, 《일상적인 삶》(김용기 옮김, 민음사, 2001) 중에서

앙드레 지드, 알베르 카뮈와 더불어 유럽에서 가장 아름다운 산문을 쓰는 사람으로 손꼽히는 장 그르니에는 철학 교수

이자 카뮈의 스승이기도 한데, 그의 글은 일상의 익숙한 것들에 대해 생소한 기분이 들게 하는 힘이 있다.

흔히 '공백'이라고 하면 채워지지 않은 무언가, 또는 어떤 일이 이루어지지 않은 '미완'으로 인식되기 쉬운데, 장 그르니에는 공백을 '창조'라는 관점에서 바라보고 있다. 공백은 우리가 사랑할 빈틈을 마련하고, 우리가 잊어버리고 있는 것들을 발견하고 찾게끔 만든다. 그건 가치 있는 것으로 채워질 가능성의 공간이며, 부러 창조할 만한 것이다.

가끔 질척대고, 서걱대는 일상사에서 벗어나고 싶을 때가 있다. 아무리 머리를 굴려도 간힌 틀을 맴도는 느낌이 들고, 새로운 무언가가 떠오르지 않는 그런 때 말이다. 그럴 때 '아, 여행을 가야할까.'라는 생각을 하는데, 그 말은 단지 푸념으로 끝날 때가 많다. 여행을 가기 위해서 맞춰야 할 조건들이 한두 가지가 아니기 때문이다. 그때 필요한 것이 바로 '산책'이다. 먼 곳으로 여행을 떠나지 않더라도, 산책을 통해 삶을 객관적으로 들여다보게 하는 여백을 얻을 수 있다.

동네에 있는 긴 하천길을 자주 걷는다. 아이들이 탄 자전거를 밀면서, 킥보드를 끌면서 그 길을 걷는다. 하천엔 오리가 떠다니고, 간혹 작은 물고기들이 오락가락하는 걸 볼 수 있다. 사람들은 강아지와 함께 걷고, 이어폰을 꽂은 채 조깅을 한다. 그곳에서의 시간은, 하천의 유속처럼 매우 잔잔하고 느리다. 뚜렷한 목적이 없는 시간이다. 어느 날은 오리를 봤으면 목적을 달성한 것이고, 어느 날은 저 아래 징검다리가 있는 곳까지 가봤으면 목적을 달성한 것이다. 누구도 산책을 통해 뭘 얻어 오라고 강요하지 않는다. 아무것도 얻지 못해도 좋을 시간이다. 그저 그 시간 자체를 즐기는 것이다. 내가 나와 함께 있다는 것, 내가 나와 동행하고 있다는 것을 느끼는 시간이다.

물론 목적을 띤 산책도 있었다. 예전엔 데이트 코스로 산책 길을 자주 택했다. 누군가와는 해변길을 걸었고, 누군가와는 호수 둘레를 걸었다. 데이트에서도 '공백을 창조하는' 산책의 마법을 경험할 수 있었다. 커피숍에 마주 앉아 상대의 얼굴을 빤히 쳐다보며 이어가는 대화의 지분은 두 사람이 오롯이 감당해야 한다. 할 말이 많거나, 별말을 하지 않아도 될 정도로 깊어진 사이라면 문제될 것이 없다. 아직 그런 사이가 아니라면 말들이 길을 잃었을 때만큼 서로에게 부담이 되는 상황은 없을 것이다.

산책할 때는 두 사람의 대화만 그들을 이어주는 게 아니다. 주변의 풍경과 공백들이 두 사람을 감싼다. 말이 길을 잃을라

치면 "어, 저 풀은 꼭 파채 같아. 갑자기 삼겹살 생각이 나네." 라든가, "저기 호수에 물고기 튀어 오르는 거 봤어? 미인이 왔다고 소문난 모양인데." 같은 말들을 내뱉으면 된다. (상대가 "미인이라니, 참나." 하고 쑥스러운 듯 웃으면, "나 말한 건데?"라고 한다.) 특별한 감정을 지닌 두 사람이 함께 걷는 산책길에서도 '빈틈'은 새로운 감정을 창조할 공백으로 기능한다.

치열하게 사는 누군가에게 산책하는 시간은 비효율적으로 보일 수 있다.

"거기에 쓸 시간이면 얼마나 많은 돈을 벌 수 있는데!"

"난 한가하지 않아. 내 일을 처리하기에도 시간이 모자란다고!"

많은 돈을 벌기 위해 시간을 분 단위로 쪼개서 쓰는 사람에게, 일상의 공백 없이 아웅다웅 일을 처리하는 사람에게, 무엇을 위해 그렇게 사느냐고 물으면 이렇게 답할지 모른다.

"훗날 남아도는 여유를 즐기기 위해서죠. 아무것도 하지 않고 그저 산책… 하기 위해서 지금 달려야 합니다."라고.

꽃향기가 나는 비싼 향수를 사기 위해, 꽃이 만발한 들판을 보지도 않고 달려가는 아이러니. 우리 삶을 가득 채우고 있는 '효율'에 대한 강박을 조금 내려놓는다면, 더 많은 걸 보고 느끼며 살아갈 수 있을 것이다. 훗날 내가 그토록 얻고 싶은 것들이 그리 멀지 않은 곳에 있다는 사실도 깨닫게 될 것이다.

장 그르니에의 글을 읽고 다시 가슴이 뛴다. 그가 말한 '도저히 이름 붙일 수 없는 우리의 순수한 사랑'을 나직이 되뇌어본다. 거기는 꽉 채워진 무언가론 다다를 수 없는 곳이다. 내가 찾는 순수한 사랑은 어떤 것일까. 난 무얼 바라고 어디에 도달하고 싶은 걸까.

오늘도, '도저히 이름 붙일 수 없는 우리의 순수한 사랑'을 향해 한 발 한 발 내딛는다. 일상의 구석구석에 덕지덕지 붙은 '무언가를 위해서'라는 목적과 당위를 떨쳐내며 팔다리를 내젓는다.

지긋지긋한 '교육'이라는 말

후배 교사를 만났을 때, 묻지도 않았는데 '교육은 이런 것이다'라고 설파하는 선배보다, 지금 눈앞에 있는 후배의 행복과 결핍에 대해 관심을 갖고 몸을 앞으로 기울이는 선배의 교실에서 더 높은 수준의 교육이 이루어지고 있(었)을 거라는 믿음이 있다.

교사가 교육 현장에서 하는 일은 사람을 대하는 것이기 때문이다. 사람을 대하는 일에서는, 그럴 듯한 말을 상대에게 구겨 넣기보다 상대가 말과 생각을 마음껏 할 수 있도록 눈빛과 태도를 정돈하는 일이 더 중요하다.

"그의 삶은 교육이 전부였습니다."

어떤 교육자가 은퇴식에서 이렇게 소개된다면, 나에겐 그 말이 숭고하게 들리기보다 오히려 측은하게 느껴질 것이다. 교육은 삶으로부터 나와서 삶을 아우르는 것이지만, 역설적으로 그것이 삶의 전부가 되었다면 그는 교육적인 말을 해왔을지 몰라도 몸으로, 삶으로 교육을 하진 못했을 가능성이 크기 때문이다.

예전에 내가 발령을 기다리면서 잠시 기간제교사로 근무했을 때, 그 학교의 젊은 교사들끼리 어울려 식사를 한 적이 있다. 사소한 얘기들이 오가는 편안한 자리였다. 그 다음 날 40대 초반의 한 남교사가 어디서 들었는지, 식사 자리에 참석했던 한 여교사에게 전날 회합에 대한 이야기를 꺼냈다.

"어제 젊은 선생들 모여서 집 사는 얘기나 시시껄렁한 얘기들이나 했다며?"

중견 교사의 말은 다분히 비판적인 어조였다. 나보다 경력이 많던 20대 후반의 여교사는 당황한 낯빛으로 큰 잘못이나 지은 것처럼 대답했다.

"네, 그러고 보니 그랬네요. 교육적인 얘긴 별로 못하고……"

중견 교사는 짐짓 엄중한 목소리로 말했다.

"신규 교사들이 뭘 배우겠어."

그들은 같은 교사 단체에 속해 있었고, 교육에 대해 내가 알지 못하는 '심오한' 공감대를 가지고 있었을지 모르겠다. 그 대화가 오가는 자리에 있으면서, 난 얼굴이 화끈거렸다.

나 역시 선생님들의 집 사는 얘기나 시시껄렁한 얘기에 적극적으로 동참했기 때문이다. 그 후로 난 한동안, 별 볼 일 없는 교사처럼 행동했다는 자책에 시달려야 했다. 한편으론 그때 우리가 뭘 잘못한 거지? 하고 끊임없이 자문했다.

내가 그 중견 교사의 나이가 되고 보니, 그의 말과 태도가 누구에게도 무익한 말이었다는 걸 깨닫는다. 그의 말은 요즘 표현으로, '맨스플레인'이었다. 젊은 교사들의 모임은 어때야 한다고 '교육'하려는 그 태도야말로 '반교육적'이었으며, '교육'이라는 말을 단물 빠진 지긋지긋한 말로 전락시키는 짓이었기 때문이다. 식사 자리를 교육적 대화로 가득 채우길 원했던 그의 교실에서, 아이들은 어떤 종류의 얘기를 강요받아야 했을까.

그 옛날 젊은 교사들의 저녁 식사 자리는 한 직장에서 생활하게 된 사람들이 서로를 좀 더 알아가고자 하는 시간이었다. 사소하기 그지없는 모임이었지만, 그래서 숭고한 시간이었다. 술도 없었고 거창한 '교육'도 없었지만, 식사를 하고 시시껄렁한 얘기를 나누며, 앞으로도 서로 시시껄렁한 얘기를 나눌 수 있는 (사회에서 성립되기 쉽지 않은) 관계가 되자고 애쓰는 자리였다. 다른 사람에게, 내게는 시시껄렁한 얘기를 늘어놓아도 괜찮다, 고 허용하는 시간이었다.

내가 보기에 많은 선배 교사가(또는 한때 교사였던 관리자들이) 후배들에게, '교육적'이라든가 '교육이라는 관점'이라는 전제를 깔고 말하는 많은 얘기는 후배들을 통제하려는 의도에서 나온다고 생각한다. 어쩌면 그것 말고는 자신이 후배들의 우위에 설 수 있는 무언가가 없다는 불안감 때문일지도.

'교육'이라는 구덩이를 파고 그 안에 들어앉은 자는 역설적으로 제대로 된 교육을 할 수 없다고 생각한다. 교육은 정형화된 구호가 아니기 때문이다. 삶을 사는 태도나 세상을 대하는 자세를 보여주는 일에 가깝기 때문이다.

초임 시절에 나와 가깝게 지냈던 박 선생님은(공교롭게도 젊은 교사들을 훈계하던 교사와 비슷한 연배의 남교사였다.) 내가 발령받아 학교에 가자마자, 수업이 시작되기 전 아침 시간에 운동장으로 나올 수 있으면 나오라고 말했다. 나는 몇 번 체육복 차림으로 운동장에 나갔다. 그 선생님은 자신과 나를 중심으로 아이들을 두 편으로 나누곤 축구를 시작하자고 하셨다. 선생님은 축구팀의 일원이 되어 쉬지 않고 뛰어다녔다. 나역시 땀을 흘리며 함께 뛰었다. 아이들도 들뜬 표정으로 공을 쫓아다녔다. 전담 교사였던 나는, 수업이 없는 시간에도 가끔 그 학급의 체육 시간에 초대받아 아이들과 함께 땀을 흘리며 운동하곤 했다.

학교의 정보 기자재를 관리하는 업무를 맡은 그 선생님의 전화기는 조용할 틈이 없었다. 쉴 새 없이 수리를 요청하는 전화가 울렸다. 선생님은 이미 몇몇 아이들에게 컴퓨터의 간단한 고장을 수리하는 방법을 전수해 두셨다. 쉬는 시간에 선생님은 아이들을 수리가 필요한 교실에 급파했다. 수리를 마치고 돌아온 아이들의 표정은 성취감으로 가득 차 있었다. 문제를 해결하고서 그 교실 선생님에게 엄청난 칭찬을 받고 돌아왔기 때문이다.

선생님은 누구에게나 겸손했고, 배려하셨다. 아무것도 모르는 신규 교사였던 나를 늘 칭찬하고 정중하게 대해주셨다. 난 선생님을 통해 무슨 '교육'을 배우진 못했지만, 학교에서 어떻게 살아야 하는지를 배웠다. 그리고 아이들과 선생님이 함께 즐거울 때 진짜 의미 있는 뭔가가 일어난다는 걸 배웠다.

내가 만난 훌륭한 선생님들 대부분은, 글로 기록할 때를 제외하곤 면전에서 손발이 오그라드는 '교육'이나 '교육자'라는 말을 입에 올리지 않았다. 거의 모든 문장의 주어는 '나'였다. 그들은 진솔하게 삶을 나누며, 한 인간이 다른 인간에게 어떤 자세를 보여야 하는지, 어떤 눈빛을 건네야 하는지를 몸으로 가르쳤다.

'교육'이라는 말을 몸소 낡아빠진 구호로 만드는 사람들을 만나면 화가 난다. 아니 측은하다. 나는 나이 먹어도 그러지 말자고 다짐한다. 교육은 삶에 대해 가르치는 것이지, 교육에 대해 말하는 게 아니다. 아, 교육이라는 말을 너무 많이 써서 입에 단내가 나는 것 같다. 지긋지긋하다. 한동안 떠올리지 말아야겠다.

누군가의 진짜가 드러날 때

자리가 사람을 만든다?

일전에 교사들끼리 가진 모임에서 어떤 관리자에 대한 이야기가 나온 적이 있다. 교감이 돼서 선생님들을 아주 괴롭게 하는 인물에 대한 이야기였다. 평교사일 때는 괜찮은 사람이었다고 한다. 주변의 평도 나쁘지 않았다. 하지만 교감이 되더니, 평교사일 때와는 전혀 다른 모습을 보인다고 했다. 내가 말했다.

"역시 자리가 사람을 만드는군요. 좋은 방향이든, 나쁜 방향이든."

함께 얘기하던 다른 선생님이 그 말을 정정해 주었다.

"자리가 사람을 만드는 것이 아니라, 자리가 그 사람을 보여주는 거지."

어떤 자리를 맡는다고 해서 원래 그 사람에게 없던 것이 나오진 않는다. 이전에 앉았던 곳에선 드러낼 필요가 없던 어떤 면이, 특정한 위치에 가면 비로소 드러나기도 한다. 좋은 점도 마찬가지다. 두각을 드러내지 못하던 어떤 사람이, 자리가 바뀌자 날개 단 듯 훨훨 날아다니기도 한다. 그 사람에게 없던 자질이 새로 생긴 게 아니라, 묻혀 있던 잠재력이 발현된 것이다.

자리가 드러내는 어떤 사람의 좋은 면과 나쁜 면은, 그 사람이 스스로 꾸준히 만들어온 모습이다. 그 사람이 무엇을 욕망해 왔는지, 그 욕망을 이루기 위해 어떤 방식으로 자신과 주변 사람들을 대해왔는지가 반영된 결과물이다. 그건 하루아침에 생겨날 수 있는 것이 아니다.

소설, 영화, 드라마 속엔 과거에 한솥밥을 먹던 사람들이 훗날 대립하는 이야기가 종종 나온다. 그들은 스승도 같고, 배우는 내용도 비슷했다. 하지만 시간이 지나서는 다른 길을 걷는다. 누군가는 더 커진 자신의 욕망을 끊임없이 추구하고, 누군가는 자신의 모습을 들여다볼 줄 아는 사람이 된다. 최근에 본 〈위처〉라는 판타지 드라마에서도 그런 구도가 등장한다.

함께 마법사 수업을 받는 이들이 있다. 그들은 다들 미숙하고 평범해 보여서 훗날 비슷한 일을 비슷한 생각으로 할 것으로 예상되었다. 하지만 그들이 어엿한 마법사가 되었을 때 어떤 사안을 두고 입장이 극명하게 갈려서 전쟁을 치르기까지 한다. 여러 예를 통해 한 사람의 세계관과 태도가 형성되는 일엔, 환경과 교육 이상의 개인적인 무엇이 개입한다는 사실을 알 수 있다.

자리를 얻게 되면, 타인에게 끼치는 영향력과 권한이 커진다. 준비되지 않은 사람은 그것들을 주체하지 못하고, 선한 영향력을 발휘할 줄도 모른다. 절대 반지를 꼈던 사람들처럼, 그 힘에 잡아먹히고 그나마 가지고 있었던 선의를 상실하기도 한다.

내 남은 삶에서 대단한 자리를 얻으리라는 생각은 하지 않고 있지만, 혹시라도 자리를 옮길 땐 반드시 거울을 봐야지. 그때까지 안보이던 내 속의 나쁜 것들이 드러날지도 모르니.

롤케이크의 화려한 부상(浮上)

동네 하천이 범람하기 직전에 태풍이 지나가고 오후엔 햇살이 비쳤다. 집 안에만 있던 우리 가족은 코스트코 나들이를 갔다.

아기 띠를 하고 매장을 돌다가 멈춰 섰는데 한 부부의 이야기 소리가 들려왔다.

"이게 바로 그거야. 먹어볼까?"

부부 중 아내가 가리킨 곳을 나도 덩달아 쳐다보았다. 그곳엔 최근 뉴스에서 자주 보았던 '삼립 롤케이크'가 있었다. 유기농 수제 쿠키와 빵으로 인기를 끌었던 '미미 쿠키'라는 제과점이 소비자를 속여 재포장해서 팔았던 바로 그 '롤케이크'였다.

'미미 쿠키'는 결국 폐업을 했지만, 이 사건이 이슈가 되면서 뒤에서 미소 지은 것은 아이러니하게도, 그 업체에서 속여 팔았던 '삼립 롤케이크와 쿠키'였다. '미미 쿠키'에서 주문이 폭주했던 인기 상품이었는데, '미미 쿠키' 상표를 붙이기 전엔 반값이었기 때문이다. 그 사건이 터지자, 사람들은 말했다. "얼마나 가성비가 좋은 거야?"

일련의 과정을 보면서 묘한 기분이 들었다. 이렇게도 뜰 수 있는 거구나, 하는 생각 때문이었다. 스스로 홍보하거나 애를 쓰지 않았지만 다른 누군가가 잘못된 판단을 저질러 이슈가 되고, 내리막길을 걸으면서 오히려 각광받는 제품이 되었으니 말이다. 이번 일로 삼립의 롤케이크는 두 배의 가격에 팔리던 가치를 그대로 물려받게 되었다.

사람에게 찾아오는 '티핑 포인트(인기가 없던 제품이 어떤 일을 계기로 폭발적인 인기를 끌게 되는 극적인 순간)'도, 어떤 형태일지 예측 불가능하지 않을까. 자신이 잘하고 싶은 분야에서 묵묵히 걷다 보면, 누군가는 삼립 롤케이크의 경우처럼 스스로 홍보하거나 애쓰지 않아도 자신의 가치를 인정받게 될 것이다. 그 일은 행운처럼, 어쩌면 그 이상의 필연처럼 찾아올 것이다.

삼립 롤케이크를 두고 대화하던 부부가 그걸 하나 집어 들곤 다른 코너로 사라졌다. 나도 사려고 마음먹었던 빵을 내려놓고 삼립 롤케이크를 집어 들었다. 저렴한 가격으로 큰 관심을 받지 못하고 늘 그 자리에 있었던 롤케이크의 '티핑 포인트'를 함께 축하하고 싶었다.

내가 삼립 롤케이크를 베어 물 때 조용히, 그러나 묵묵히 그 자리에서 자신의 맛을 누군가는 알아주길 기다리는 나와 우리의 소망을 음미하게 될지도 모르겠다.

헛일을 함께 해주는 이

아침에 다섯 살인 첫째 딸을 데리고 병원에 갔다. 1주일째 기침이 떨어지지 않고 어제부턴 미열도 나서다. 집을 나서려는데, 병원 가기를 좋아하는 세 살 먹은 둘째 딸이 자기도 병원에 가겠다고 한다. 맨발로 현관 밖까지 나와 따라나서는 걸 안 된다고, 집에 있으라고 밀어 넣고는 도망치듯 나섰다. 진료를 받고 집에 오니, 둘째는 자기를 빼고 병원에 갔다며 앉아서 엉엉 울었다. 난 나중에 가자고 약속하며 젤리와 초콜릿으로 협상을 시도했다. 역시 유인책은 먹혀들었고 둘째는 울음을 그치고 잘 놀았다.

오후가 돼서 둘째는 아침의 약속을 까먹을 거라는 생각을 비웃기라도 하듯, 병원에 가자고 했다.

"문 닫은 병원이라도 봐야 멈출 거야."

아내의 말에 동의한 나는 둘째를 유모차에 태우곤 집을 나섰다. 우린 평소에 가는 병원으로 향했다. 난 일요일에 그 병원이 문을 닫는다는 걸 정확히 알고 있었지만, 아이 마음에 들끓는 욕구를 조금이나마 충족시켜주기 위해 기꺼이 헛걸음을 했다. 아이는 상가 안에 있는 병원 문 앞까지 가서, 불이 꺼지고 문이 닫힌 걸 보고서야 병원에 갈 수 없음을 수긍했다. 아이는 다시 말 잘 듣는 귀염둥이가 되어 방긋방긋 웃으며 다음에 오자고 했다. 아이의 마음이 좀 편안해진 걸 확인하고는 내 발걸음도 가벼워졌다.

집으로 오는 길에, 난 오로지 '나'를 위해서 헛걸음도 감수했을 수많은 발걸음을 생각했다. 누군가를 위한 헛걸음은, 그 '헛'의 지수가 높을수록 그 사람에 대한 더 높은 수준의 사랑 표현일지도 모르겠다. 우린 사랑하는 사람을 위해서라면 내게 아무런 이득이 없고, 심지어 시간 낭비일지도 모르는 일을 기꺼이 한다. 거기엔 합리성이라든지, 효용이나 효율이라든지 하는 것들이 끼어들 여지가 없다. 행동의 동기가 전혀 다르다. 내게 헛일임을 뻔히 알면서도 그 사람의 마음 하나만을 위해 기꺼이 동참하는 일. 그 바보 같은 일이 누군가를 향한 가장 순수한 마음에 가깝다는 건 참 아이러니하다.

유모차를 밀며 그런저런 생각을 하면서 길을 걷는데, 십수

년 전의 일이 떠올랐다. 대학교 졸업을 앞두고 있었던 시점이었다. 청주에서 자취를 하던 나는 마지막 겨울방학을 맞아 미처 이삿짐을 다 정리하지 못하고 고향인 울산으로 내려왔다. 방학 중에 한 번 올라가서 짐을 싣고 내려오리라 마음만 먹고 있었다.

4년 묵은 짐들은 그냥 갖고 오기엔 양이 많아서 차 한 대를 갖고 가야 했다. 난 차도 없었고, 이삿짐센터 부를 돈도 없었다. 가장 현실적인 대안은 승합차 렌터카를 하루 빌려 짐을 싣고 오는 거였다. 하지만 난 면허를 딴 지 몇 달 되지 않았고, 장거리 운전 경험이 없어서 실행이 어려운 방안이었다. 사회복지사로 근무하던 친구에게 그런 얘길 하자, 그는 바로 이렇게 말했다.

"하루 날 잡아서 같이 올라갔다 오자. 너 장거리 주행 연습도 할 겸. 내가 옆에서 도울 테니, 이번에 장거리 운전을 해보는 거야."

운전 경력이 풍부한 친구의 말에 난 용기를 냈다.

울산에서 청주까지는 차로 4시간 거리다. 우리의 계획은 친구의 퇴근 시간에 맞춰 저녁 6시쯤 출발해서 밤 10시에 도착해 짐을 싣고, 다시 새벽길을 달려 내려오는 거였다. 난 운전대를 잡았다. 옆에 앉은 친구가 든든했다. 우린 고속도로를 달려 거의 5시간 정도 걸려 청주에 도착했다. 짐을 싣고 자정이 되어서야 우린 다시 울산으로 출발했다. 내려오는 길엔 친구가 운전을 해주었다. 울산에 도착하니 이미 동이 텄고 우린 24시간 김밥집으로 가서 이른 아침을 먹었다. 밤새 운전을 하느라 잠도 제대로 자지 못한 친구는 잠시 집에 들러 준비하고 다시 출근을 했다.

친구는 오로지 나를 위해 10시간 가까운 밤과 새벽 시간을 기꺼이 내어주곤, 퀭한 눈을 비비며 출근길에 올랐다. 그 시간을 다시 꺼내 들여다보니, 잠시 먹먹해진다. 나를 위해 아무런 계산도 없이 비합리적인 일을 마다하지 않았던 그 마음 때문에. 그런 결정에 조금의 합리성이라도 작동했다면, 애초에 친구는 내게 그런 제안을 하지 않았을 것이다. 합리적인 사람이라면 누구든 이렇게 말할 테다.

"하룻밤 사이에 잠도 안 자고 거길 다녀온다고? 8~9시간을 꼬박 고속도로에서 보내야 한다니, 좀 무리인걸. 난 다음 날 출근도 해야 한다고."

오래도록 혼자 지내던 그 친구가 지난해 말에 장가를 갔다. 공교롭게도 결혼 날짜가 내 결혼일과 같다. 우린 둘 다 가정 상황이 평탄치 않아서 동병상련의 마음을 나누며 어두운 시기를 함께 건너왔다. 그 친구는 자신을 둘러싼 모든 어두움을 뚫고 이제 새로운 푸른 초장(初場)을 향해 나섰다. 난 친구가, 효율이나 합리성을 따지지 않고 누구보다 순수한 마음으로 아내를 사랑하리라고 믿는다. 친구가 새로 꾸릴 가정에서 그간 갈구했던 것보다, 그간 다른 이들에게 준 것보다 더 큰 사랑의 기쁨을 누릴 수 있길 바란다.

집에 도착할 즈음, 난 딸과 함께한 그날의 헛걸음에 기쁨을 느꼈다. 누군가에게 '기꺼이 헛일을 함께 해준 이'로 기억되는 것이, 역설적으로 가장 헛되지 않은 일을 한 게 아닐까. 효율과 지표로 세상에 큰 영향을 끼치는 사람들이 있다. 그리고 많은 이가 그런 사람이 되기 위해 끊임없이 오차와 낭비를 줄이며 살아간다. 그들은 언젠가 물 70퍼센트, 효율과 합리성 30퍼센트로 구성된 큰 사람이 될 것이다. 객관적으로 중요한 사람이.

하지만 '내게' 소중하고 큰 사람은 언제나, 날 대할 때 엄밀한 기준을 갖다 대는 데 허술한 사람이었다. 가족이었고, 친구였고, 연인이었던. 그리고 엄마, 엄마. 나를 사랑하기 위해서 수많은 헛발질을 했던 사람들. 그 헛발질과 비합리와 비효율이 나를 키워냈다.

2장

조금 헐렁한 시간

헌책방을 운영하는 외삼촌이 있다면

미리 말하자면 내겐 외삼촌이 없다. 어머니는 딸만 다섯인 집의 장녀. 하지만 야기사와 사토시의 소설《모리사키 서점의 나날들》(서혜영 옮김, 블루엘리펀트, 2013)을 읽고는 내게 헌책방을 운영하는 외삼촌이 없다는 사실이, 어이없게도 상실감 비슷한 감정으로 다가왔다. 애초에 가져본 적도 없는 대상에 상실감이라니.

소설은, 20대 여성인 다카코가 자신의 진정한 인생이 시작된 장소를 추억하며 시작된다. 다카코와 같은 직장에 다니며 1년간 사귄 애인은, 다카코에게 다른 여자와 결혼하게 되었다는 소식을 전해서 그녀를 충격에 빠뜨린다. 다카코는 이 상황을 견딜 수 없어 회사를 그만두고 짓밟힌 마음을 붙잡고 방에 틀어박혀 며칠간 은둔한다. 그러던 중 꽤 오랫동안 왕래가 없었던 외삼촌으로부터 연락을 받는다. 외삼촌은 가업을 이어 헌책방을 운영하고 있다. 다카코는 자신을 걱정한 엄마가 배후에 있다는 사실을 깨닫지만, 고향으로 내려올지 외삼촌에게 가서 지낼지 택하라는 엄마의 엄포에 결국 외삼촌의 헌책방으로 향한다.

다카코가 지내게 된 헌책방의 2층 방은 곰팡이 냄새가 떠돌고, 헌책들이 군데군데 탑을 이루고 있는 장소였다. 다카코는 어릴 적 희미한 기억으로 외삼촌을 썩 신뢰하지 않았지만, 헌책방의 2층 방에 머물며, 서서히 책과 외삼촌의 매력을 알아간다. 따뜻한 외삼촌 덕에 실연의 아픔도 극복해가고, 헌책방 거리에 있는 다른 이들과도 교류하면서 다시 일어설 힘을 얻게 된다.

가볍고 유쾌한 이 소설을 읽으면서 가장 강하게 들었던 생각은, '내게도 헌책방을 운영하는 외삼촌이 있으면 좋았겠다.'라는 거였다.

난 내 인생의 어두운 날에, 고비에, 과연 어디에 내 몸을 의탁했었던가를 떠올려 보았다. 고교 시절, 유리창이 다 깨진 집안의 저쪽 컴컴한 어둠 속에서 술 취해 쓰러져 있는 아버지를 피해 올라간 곳은 내 방이었던 다락이었다. 갓 20대가 되어서

취한 아버지에게 쫓겨나 갔던 곳은 내가 다니던 교회의 지하 기도실이었다. 그곳에서 한참을 엎드려 있다가 친구의 집에서 밤을 지새웠다. 서른이 다 돼서 다카코처럼 실연을 겪고 며칠을 펑펑 울던 곳은 내 작은 자취방이었다. 내 어두운 날들에, 난 늘 홀로 머물렀다. 그 때문인지 지금도 위기감을 느낄 때면, 조용히 어둠 속으로 침잠한다.

내게 헌책방을 운영하는 외삼촌이 있고, 그 헌책방엔 언제라도 내가 기거할 수 있는 방이 있고, 그 방엔 곰팡이 냄새가 떠돌고, 또 누워서 손만 뻗으면 책탑을 쓰다듬을 수 있었다면! 잠이 오지 않으면 상처 받은 사람들의 이야기를 뽑아 읽으면서 나의 통증을 우주로 쏘아 올리며, 인간의 보편적 고뇌와 근원적인 아픔 따위를 더듬어볼 수 있었다면! 그랬다면 내가 지금보다는 균열이 적은 인간으로 살아가고 있지 않을까. 그 균열들을 보수하는 데 드는 시간과 비용을 조금 아낄 수 있지 않았을까.

난 어쩌면, 지금도 자잘한 위안을 얻기 위해서 틈만 나면 서점에, 도서관에, 헌책방에 가는지도 모르겠다. 누군가를 하염없이 기다리는 책들이 거기 있다. 내 인격의 균열을 메울 시멘트가 되어줄 이야기들이 거기 있다. 그곳에선, 아무도 내가 거기 오는 걸 신경 쓰지 않는다. 어두운 표정을 콕 집으며 무슨 일인지 섣불리 묻지도 않는다. 그저 내 마음을 붙들어 안고 서성거릴 수 있는 곳이다. 그래서 늘 책이 있는 곳을 배회한다.

젊은 날 돌이킬 수 없는 상처를 얻고, 다시 일어설 힘을 얻을 수 있는 곳을 발견하게 된다면, 따뜻한 외삼촌이 운영하는 헌책방의 2층 작은 방보다 더 좋은 곳이 있을까. 상처가 없는 이들에게도 그런 곳은 매력적인 공간이다. 《모리사키 서점의 나날들》에 나오는 인물 중 책에 관심을 가진 사람들은 모두 다카코가 묵고 있는 그 2층 방을 부러워한다.

"자질구레한 것은 하나도 없고 손만 뻗으면 책이 바로 거기에 있다, 이런 게 바로 최고 아닌가요?"

내게 그런 공간을 제공한 외삼촌은 없었지만, 한 가지 가능성은 아직 남아 있다. 내가 그런 외삼촌이 되는 길 말이다. 내가 헌책방을 운영하겠다는 뜻은 아니다. 하지만 언젠가 헌책이 들어찬 외떨어진 공간 하나는 마련할 수 있지 않을까.

내가 지금 들이는 책들은 모두 새 책이든, 헌책이든, 내 손을 거쳐 작은 서재에 꽂히는 순간 헌책 숲의 일원이 된다. 시간이 지날수록 그 책들은 오래된 포도주처럼 묵어 진한 내음을 풍기게 될 테다. 그 공간엔 그런 내음이 가득 차게 될 것이다. '샤넬 넘버 5'만큼이나 매력적인, '괜찮다'는 내음이.

내 딸들에게, 언젠가 생길 내 조카에게, 또 상처가 아물 시간이 필요한 누군가에게, 그런 내음이 가득 찬 외떨어진 공간이 필요할 때 기꺼이 내어줄 수 있었으면 좋겠다.

변해버린 나를 발견한다는 것

일본 영화를 리메이크한 우리 영화, 〈지금 만나러 갑니다〉가 박스오피스 1위를 차지할 정도로 인기를 끌었다. 이 영화의 원작은 2005년 초에 개봉했고, 난 그해 가을쯤 대학교 안에 있는 어두컴컴한 DVD 자료실에서 이 영화를 보았다.

자취방에서도 홀로 영화를 볼 수 있었지만, 가끔씩 그곳에 들러 꾸역꾸역 영화를 보았다. DVD가 진열되어 있는 사무실에 들어가서 영화를 고르고 무표정한 직원이 내미는 대장에 영화 제목과 내 이름을 적으면, 새로운 이야기의 세계로 들어갈 준비가 끝난다. 옆머리를 다 덮을 정도로 큰 헤드폰을 받아들고 감상실에 들어서면, 터널처럼 어둠이 덮쳐온다. 수초 동안 어둠에 눈이 적응하면 세상 고독한 사람들로 보이는 몇몇이 커다란 헤드셋을 끼고 저마다의 영화에 몰두하고 있는 모습이 보였다. 몇 미터의 어둠을 건너가 빈자리를 찾아 앉왔다.

DVD 플레이어를 켜고 영화를 밀어 넣고는 15인치쯤 되는 볼록 브라운관의 화면을 켜면, 이번엔 빛이 내 얼굴을 덮쳐왔다. 영화를 보는 내내 이야기의 배경이 되는 장소의 색과 빛이 내 얼굴을 물들였다. 터널을 완전히 벗어나 영화에 동화되기까지 그리 오랜 시간이 걸리진 않았다.

대학에 있었던 작은 영화 감상실은 연애 중인 사람은 절대 들어오지 않을, 어둡고 꿉꿉한 장소였다. 자취방에서는 진짜 혼자였지만, 그곳에선 홀로 영화를 보는 사람들이 '고독의 연대'로 묶인 느낌을 받을 수 있었다. 외롭고 쓸쓸하지만 높은 뭔가를 갈구하는, 나와 다르지 않은 사람들이 어둠 속에서 이야기를 탐했다. 저마다 다른 사연을 가진 사람들이, 작고 어둡고 눅눅한 DVD 감상실을 찾는다는 것 자체가 어딘지 영화스러운 느낌이 있었다고나 할까. 그 때문에 감상실에 들어서면, 작은 영화의 일부가 되는 기분이었다.

지금 돌아보면 그 영화 감상실은, 그곳을 드나들던 그 시절의 나에 대해 이런 말들을 해준다.

"그 시절의 넌 영화 속 주인공이 되고 싶었지만, 밝고 넓은 곳으로 나설 용기는 없었지. 어두컴컴한 곳에서 꿈꾸는 걸로 만족했어. 혼자 있기를 좋아했지만 고립되려고 하진 않았어.

비슷한 사람들을 찾아 나서곤 했지. 그런 사람들을 확인하고, 그들과 대화하기를 좋아했어. 너와 비슷한 사람을 자주 만날 순 없었어. 그 때문에 널 이해하는 사람을 만나는 건 쉽지 않은 일이라고 여겼지."

그 시절, 〈러브레터〉가 나온 이후로 일본 멜로영화를 꾸준히 보았었다. 이와이 슌지 감독의 〈4월 이야기〉를 거쳐 〈조제, 호랑이 그리고 물고기들〉, 〈냉정과 열정 사이〉, 그리고 〈지금 만나러 갑니다〉까지.

하나같이 조심스럽고, 공손하고, 내향적인 주인공이 등장하는 일본 멜로영화에 푹 빠졌던 시절, 난 그때 이미 예감했는지도 모르겠다. 조심스럽고, 공손하고, 내향적이었던 그 시절의 '나'는, 언젠가 내 삶의 영화 속에서나 존재하게 되리라는 걸 말이다.

아직 그 DVD들이 남아 있다면, 수많은 사람의 손때가 묻은 겉비닐은 투명함을 잃고, 영화 포스터가 그려진 표지도 색이 바래버렸을 것이다. 20대를 지나 30대의 바다도 건너버린 나 역시 어떤 면에선 빛이 바랬다. 남들의 호불호를 떠나 엄연한 사실이다.

지금의 나는 그때보다 덜 수줍고, 때론 누군가에게 싫은 소리도 하며, 상황에 따라 성향을 거슬러 외향적인 척도 한다. 조심스럽고, 공손하고, 내향적인 사람들을 여전히 좋아하지만, 그 시절 나와 비슷했던 많은 이가 나처럼 세월을 이기지 못하고 변했으리라고 지레짐작한다. 사람들을 볼 때 내가 아직 보지 못한 그 사람의 좋은 면을 기대하기보다는, 그 사람의 보이는 면으로 판단해 버린다. 사람들의 숨겨진 부분을 보는 일엔 시간이 걸리고, 내 안에 그 시간을 기다릴 여유가 줄어들었기 때문이다. 크게 기대하지 않으면 크게 실망하지도 않는다는 사실을 깨달아 버렸기 때문이기도 하다. 사람들을 볼 때 그들 안에 잠재된 기쁨을 기대하는 대신, 담담해져 버렸다. 사람이 원래 그렇고 그런 거지, 하면서.

누군가는 내 옛 모습을 그리워하기도 하고, 누군가는 지금의 모습에 더 만족감을 드러낼 수도 있을 것이다. 그런저런 반응을 떠나서 변한다는 건 어쩔 수 없이 일정량의 슬픔을 포함하는 일 같다. 내가 변했다는 생각을 하면 마음이 헛헛하니 말이다.

내가 변한다는 건, 완료된 이벤트가 아니다. 변화는 진행형이다. 태곳적부터 내 안에 품고 있었을 법한 나의 고유한 것들이 앞으로 얼마나 더 휘발될지 모를 일이다. 10년 후엔, 지금의 모습에서 또 사라진 걸 부여잡고 서글픈 감정에 휩싸이

게 되겠지. 음식처럼 시간이 지날수록 사람이 변하는 게 피할 수 없는 일이라면, 좀 천천히, 냉기에 싸인 것들처럼 변하길 바란다.

하지만 섣불리 체념하지 않으려고 한다. 내가 어떻게든 변할 수 있다면, 그 변화의 방향타가 상실한 내 안의 것들을 회복하는 쪽으로 향할 수 있을지도 모른다. 터널 같은 어둠을 지나 조심스럽게 빈자리에 앉아, 보이는 것보다 보이지 않는 것들을 더 기대하던 그때의 나, 그쪽으로 다시.

그 많던 선배는 어디로 갔을까

　지금은 어떤지 모르겠지만, 내가 갓 대학생이 되었던 스무 살 때는 후배들에게 좋은 영향을 끼치고 싶어 하는 선배가 많았다. 선한 의지를 가진 이들이었다. 난 주로 교회 청년부에서 그런 선배들을 만났다. 선배들은 그들 자신의 문제와 진로에만 머무르려 하지 않았다. 그들은 어미 새처럼 밥을 사 먹여가며 후배들에게 하나라도 더 주려고 애썼다. 이리저리 부딪히며 정신 못 차릴 후배들을 위해 갖가지 조언을 아끼지 않았다. 선배들은 선생(先生)이었다. 말 그대로 먼저 나서 몇 발짝 미리 삶을 경험한 사람들 말이다. 난 그들처럼 좋은 선배가 되진 못했지만, 누군가의 선배가 되어야 한다면 그들처럼 되리라고 다짐하곤 했다. 그 생각은 지금도 여전하다.

　우리에게 단비처럼 내리던 선배들의 조언은, 우리의 마음을 뜨겁게 만들곤 했다. 하지만 실질적으로 우리 삶의 채널을 바꾸는 리모컨은 되지 못했다. 선배들의 조언은 우리가 닥칠 일들을 미리 보여주는 노스트라다무스의 예언 같은 것들이었다. 그럼에도 불구하고 우리가 그 예언들이 보여주는 길로 가는 일은 거의 없었다. 오늘날에도 마찬가지일 것이다. 대비하지 않으면 내일 당장 지구가 불탈 거라는 예언을 듣고도 많은 후배는 오늘 배틀 그라운드에 접속할 테니까.

우린 온몸으로 시행착오를 거친 후에야, 선배들에게 처음 조언을 들었던 그 순간처럼 선배들의 말을 곱씹으며 고개를 끄덕이곤 했다. 예컨대 '좋아하는 사람에게 무작정 들이대지 마라', 와 같은 조언을 듣고도 내일이 없을 것처럼 들이댔던 친구는 거절의 아픔을 겪고 (그것도 여러 번) '나는 왜 이 모양인가', 하는 철학적 난제를 해결하느라 숱한 불면의 밤을 보내고 나서야 비로소 이런 고백을 하게 되는 것이다.

"역시 선배들이 얘기한 게 이런 거였군. 난 길을 좀 돌아서 깨달았지만 후배들에겐 확실히 얘기해줄 수 있겠어."

그렇게 시행착오를 거쳐 얻은 지혜들을 또 후배들에게 얘기해주곤 한다. 후배들은 진지한 눈빛으로 고개를 끄덕이며 선배의 말을 경청하지만, 그들도 선배들과 마찬가지로 일정한 시간을 지나며 직접 보고 겪은 후에야 후배들에게 조언할 말들을 찾아낸다.

그렇다고 해서 선배의 조언에 아무 효용이 없는 것은 아니었다. 오히려 그건 실용성을 넘어서서 정서적인 효용에 가까웠다. 후배는 선배의 조언을 들으며, 내가 가는 길에 나 혼자만 서 있는 게 아니라는 위안을 얻었다. 그리고 타인에 불과한 누군가가, 내 삶에 닿기를 바라며 강 건너에서 뭔가를 던지는 걸 보면서 왠지 모르게 마음이 따뜻해졌다. (아니면 그 반대일 수도. 강압적인 분위기에서 건네는 조언은 후배에게 폭력적인 경험으로 남을 가능성도 있다.) 그런 점에서 선배의 조언은, 후배에게 건네는 술잔 같은 것이다. 관계를 형성하기 위해 굳이 따라주는 그런 것. 대부분 좋지만, 때론 나쁠 수도 있는.

20대에 들었던 선배들의 조언 중 하나는, 아주 많은 시간이 지난 지금도 가끔 생각난다. 그는 존경받는 선배였다. 그가 후배들 앞에서 진지하게 조언했다.

"사람들과 커피숍에서 하릴없이 죽치고 앉아 시간을 보내지 마라. 그 시간을 모아 네 실력을 키우는 데 써라. 책 한 권 더 읽고 공부하는 데 시간을 들여라. 너무 많은 시간이 낭비된다. 너 자신을 자라게 하고 성장시키는 데 에너지를 써라."

20대 중반의 선배가 신입생에게 줄 수 있는 훌륭한 조언이었다. 짜인 스케줄을 벗어나 갑자기 넘쳐나는 시간을 스스로 통제하고 관리하지 못해 방종한 일상을 보내기 십상인 신입생에게 꼭 필요한 조언이었다. 그 말을 들을 때 가슴이 뛰었다.

다른 조언들과 마찬가지로 그 조언을 잘 따르진 못했지만, 어찌 된 일인지 지금은 사람을 만나 하릴없이 앉아 대화를 나누는 것이 홀로 책상 앞에 앉아 책 읽고 공부하는 것보다 더 어려워졌다.

가끔은 이런 생각을 한다. 누군가와 거창한 약속을 하지 않고도 부담 없이 대화하는 법을 잊어버리고 있는 건 아닐까, 하는. 어느새 목적 없이 누군가와 만나거나 대화하는 일은 아주 부담스러운 일이 되어버렸다.

그때 선배의 조언을 들었던 우리 중 누군가는 선배의 조언대로 있는 힘껏 자신의 역량을 키우며 살아왔는지도 모른다. 그러다 문득 나처럼 사람들 만나는 법을 다시 배우고 싶을지도 모른다. 어쩌면 그 선배 역시, 자신이 낭비라고 여겼던 그 일을 걸음마하듯 다시 배우고 있을지도 모르겠다.

그때 우리 중 누군가가 선배에게, 그렇게 시간을 아껴 나의 역량을 기르고 나를 성장시켜야 하는 이유를 물었다면 선배는 미간을 찌푸리며 어쩔 수 없이 이렇게 답하지는 않았을까. 사람들과 커피숍에 죽치고 앉아 뭔가 도움되는 이야기를 주고받기 위해서라고. 타인에게 좋은 영향을 주기 위해서라고.

내가 아는 한 그 선배는, 이타적인 목적 없이 성공을 꿈꾸던 사람이 아니었기 때문이다.

그 시절의 낡은 무기

미성숙한 시절엔 주변에 나처럼 미성숙한 인간들로 가득 차 있었고, 우리는 범퍼카처럼 서로 이리저리 부딪히곤 했다. 그땐 나를 향해 돌진하는 한마디에 쉽게 상처 받았다.

스무 살엔, 내 생각을 전하는 일에 서툴렀고 나의 감정을 세련된 방식으로 표현할 줄 몰랐다. 그래서 분하고 억울한 상황에 직면할 때면 뭐라도 내뱉고 싶은 말이 목까지 차올랐지만, 그 말들은 목에 걸려서 차례로 넘어졌다. 얼굴은 빨갛게 달아오르고, 눈물만 찔끔 나는 것이었다. 그런 상황에서, 상대가 하고 싶은 말을 해보라고 다그치면 더 많은 말이 목에 걸려 넘어져서 거의 질식할 지경에 이르렀다.

그런 내 모습이 싫어서 난 나름대로 진지하게 고민했었다. 난처한 상황을 만나게 되었을 때 난 어떻게 해야 하지? 누군가와 대립해야 한다면 난 어떻게 해야 할까, 하고.

그 질문의 답안에 난 '침묵', 이라고 썼다. 되지 않는 걸 억지로 꾸민다고 애쓰다가, 야생동물처럼 길들여지지 않은 숨은 성질 때문에 얼굴을 붉히지 말고, 조용히 침묵하면서 기다리자고. 모든 게 서툴고 미숙했지만 침묵의 가치 하나만큼은 제대로 알고 있었던 것 같다.

어쩌면 나의 성격에 딱 들어맞는 생존 전략이자, 무기였는지도 모르겠다. 그 동기가 무엇이었든, 침묵은 나의 미숙함을 가리고, 날카롭고 모난 면을 제어할 수 있는 훌륭한 안전핀이었다.

나이를 먹으면서 침묵보다 표현하는 것이 가치 있다는 이야기를 많이 듣게 되었다.

"말하지 않으면 몰라요. 표현해야 알아요. 그저 참고만 있지 말아요."

"가만히 있으면 누가 알아줄 줄 알아? 너만 바보되는 거라고! ('바보'는 아주 순화시킨 말이다.)"

"요즘 세상에, 자기 권리는 스스로 찾아야지. 그게 옳은 거야."

그리고 나이를 먹는다는 건, 침묵하기보다 어떤 말이든 해야 하는 위치에 서게 된다는 뜻이기도 하다. 사람들은 한 살이라도 더 먹은 사람이 뭔가를 말해주길 바란다. 혼란스러운 상황에서 혼란을 잠재워줄 한마디를 기대하거나 동조하는 말을 듣고 싶어 하기도 하고, 때론 부족의 전사처럼 나서서 맞붙어 싸워야 할 때도 있다.

어느새, '침묵'은 낡은 무기가 되어 있었다. 칼 한 자루만 쥐고선 포탄이 여기저기 떨어지는 전투에서 이길 수 없다. 내 삶을 밀고 들어오는 수많은 문제와 갈등을 해결하기 위해서는 더 강력하고 직관적이며 효과적인 무기가 필요했다. 말하는 법을 익혀야 했다. 누군가가 공격할 때 그 입을 무력화시킬 비수 같은 말들, 누가 내게 덤터기를 씌우려고 하면 그것을 회피할 수 있는 말들이 필요했다. 열심히 익힌 결과, 내가 하고 싶은 말들이 목에 걸려 넘어지는 일은 없어졌다. 나의 말들은 사람들을 향해 뿌려지고, 날아가고, 문제를 풀거나, 갈등의 실타래를 잘라버리기도 했다. 크고 작은 전투에서 이겼지만, 씁쓸한 뒷맛이 남았다.

애초에 전투에서 이기려고만 했던 건 패착이었다. 이기더라도, '나'로 살아남지 못하면 아무 소용이 없는 일이었다. 내가 좋아하는 '나'를 버리고 얻은 승리는 진짜 이긴 것이 아니었다. 내 말을 사용할 때 다른 이들을 무력화시키는 게 최우선 목표가 되어선 안 된다. 나와 타인을 함께 살리는 말을 해야 한다. 함께 살리는 말은, 침묵 없이는 불가능하다. 잠잠히 기다리고, 들어주고, 때론 할 말도 참을 때 '나'와 타인이 함께 살 수 있는 공간이 생긴다.

전적으로 다른 사람들 때문에 지금까지 침묵하기가 어려웠다고 호소한다면 나를 속이는 일일 것이다. 그런 상황과 여건이 주어지긴 하지만 결국엔, 침묵해서 유약하고 비중 없어 보이는 게 싫어 스스로 택한 길이다. 전투력을 보이지 않으면 깔보는 더러운 세상이라고 떠들어대도 결국 선택은 내 마음에서 지향하는 가치대로 이루어진다.

그럼 침묵이 능사인가.

문제는 여러 사람에게 유익을 주는 '좋은 주장'만큼, 나를 좋은 사람으로 만드는 '좋은 침묵'이 어렵다는 데 있다. 좋은 침묵은 결과적으로 다른 이를 배려하고 포용하는 것이지, 스스로를 무관심하고 무신경한 사람으로 만드는 것이 아니다. 어릴 적엔 날카로움을 제어하기 위해 조금 무신경하고 무관심한 것도 허용할 수밖에 없었다. (부작용 없는 약은 없는 셈이다.) 언제까지고 한 가지 효능에만 만족할 순 없는 노릇이다.

이젠 다시 침묵을, 좋은 침묵을 배우고 실행할 필요가 있다. 지혜 없는 말들의 범람을 막고 지금 세대가 잃어가는 고상함을 유지하기 위해서 말이다. 이런 거창한 말들은 제쳐두더라도 무엇보다, 내 속에서 나온 허접한 말들에 더는 스스로 상처 받지 않기 위해서 말이다.

삶의 표준에 대하여

2년 전 친한 친구 한 명이 캐나다로 떠났다. 명목은 최소 2년간의 어학연수지만 지내보고 아예 눌러살 생각도 있다.

친구는 다니던 직장을 그만두고 1년쯤 일을 쉬고 있었다. 일을 쉬면서도 그는 독서실을 다니며 공부하고 운동도 꾸준히 하면서 나름대로 빡빡한 하루 스케줄을 소화했다. 친구가 일찍 결혼하고 나서 만나는 횟수가 줄었는데, 뒤늦게 내가 결혼하고 아이를 낳아 키우면서는 1년에 서너 번 만나기도 쉽지 않았다.

떠나기 넉 달 전쯤 우리는 동네 햄버거 가게에서 만났다. 그때 친구는 캐나다로 떠날 계획을 처음으로 내게 조심스레 말했다. 그 얘기를 듣고 내 머릿속에 떠오른 생각은, 친구가 당시에 처한 상황이었다. 유치원생 아들이 있고, 30대의 끝자락인 나이인데다, 일을 쉬고 있었고, 집안 경제 사정은 넉넉하지 않았다. 이런 데이터가 입력되자마자, 내 머릿속에 구축된 어떤 프로세서를 거쳐 간단한 답이 하나 나왔다.

"지금 어학연수를 가기엔 좀 늦은 거 아니야?"

친구는 엷은 미소를 짓고 있었지만 힘 빠진 표정으로 말했다. 열에 아홉은 그런 얘기를 한다고 했다. 그러면서, 이게 유일한 길은 아니겠지만 꼭 가야겠다는 마음이 든다고 했다. 어렵게 아내도 설득해 함께 가기로 했다는 말도 덧붙였다.

난 아차, 싶었다. 나라는 사람은 어떻게 된 건가. 새로운 삶에 도전하는 친구를 평가할 자격이 내게 있는가. 그가 가족을 내팽개치거나 책임을 방기하고 떠나겠다는 것도 아닌데, 꿈을 꾸며 모험을 하려는 친구에게 격려는 못 해줄망정, 많은 사람이 살아가는 평범한 삶의 과정을 기준 삼아 친구의 결정을 한마디로 뭉개버리다니. 친구는 그 일을 결정하기 위해 수많은 생각과 고민을 거듭했을 텐데, 나의 간단한 한마디는 얼마나 배려 없는 말이었나. 친구의 선택은 그런 대접을 받을 일이 아니었다.

내 모습은 열에 아홉 속에 포함되어 있었다. 난 언제부터 이렇게 평범해져 버렸나, 언제부터 도전하는 인생을 무모하다고 여기게 되었나를 돌아보지 않을 수 없었다. 그날 이후, 난 한발 늦었지만 친구의 결정에 온전한 지지를 보냈다. 열에 아홉이 아니라, 열에 하나에 속해 친구의 도전에 힘을 보태고 싶었다.

　일본 작가 무라타 시야타의 《편의점 인간》(김석희 옮김, 살림, 2016)은 '과연 정상적인 삶의 기준은 무엇인가?'를 묻고 있는 소설이다. 소설엔 18년째 편의점에서 아르바이트를 하며 살아가는 주인공이 등장한다. 그는 연애 한 번 하지 않고 매일 편의점의 규격화된 모든 것에 편안함을 느끼며 살아간다.
　주인공은 사회에선 부적응자의 범주에 속한다. 사람들이 생각하는 '정상'의 기준에서 벗어난다. 주인공은 다른 사람들이 자신을 어떻게 평가할지, 어떤 시선으로 볼지 알고 있다. 편의점에선 모든 게 규격화되어 있고 물건을 놓는 위치조차 매뉴얼로 정해진다. 그대로 따르기만 하면, 편의점에선 누구나 보통의 인간처럼 보인다. 그래서 주인공은 편의점을 떠나지 못한다.
　정상과 비정상의 경계를 마음대로 규정하고, 졸업-취업-결혼-육아로 이어지는 단선적인 과정을 유일한 삶의 지표로 여기고 있진 않은지, 그걸 잣대 삼아 다른 사람들의 삶을 마음껏 판단하고 있진 않은지, 화두를 던지는 책이 바로 이《편의점 인간》이다. 출간 후에 실제로 저자가 편의점에서 일한다는 사실이 밝혀져 화제가 되기도 했다. (작가가 현대인들에게 던지는 문제 제기와 메시지를 전달하는 방식의 신선함 때문에 이 책은 일본에서 최고의 권위를 가진 아쿠타가와상을 수상한다.)

많은 사람이 영위하는 삶의 양식이라고 해서 그게 유일한 삶의 표준은 아니다. 내가 살아온 삶만이 제대로인 삶이기 때문에 타인에게 이 길을 따르라! 고 외치는 것만큼 편협한 태도는 없다.

우리에겐 저마다 꿈이 있다. 그 꿈이 내가 몸담은 영역에서 이룰 수 있는 범주 안에 있다거나, 내가 영위하는 삶의 범주를 벗어나야 이룰 수 있다는 차이만 있을 뿐이다. 우리 모두는 삶의 표준에 대한 인식 또한 갖고 있고, 그걸로 다른 이의 삶을 함부로 재단할 가능성도 늘 존재한다. 내 꿈이 가치 있는 만큼, 타인의 꿈도 그렇게 대우해야 한다.

비교하지 마. 상관하지 마. 누가 그게 옳은 길이래. 옳은 길 따위는 없는걸. 내가 걷는 이곳이 나의 길.

유튜브 채널 〈월간 윤종신〉에 등록된 〈지친 하루〉라는 곡의 가사다. 노래 속 화자는 꿈을 향해 달려가느라 보통 사람들이 말하는 '번듯한 삶'을 살지 못하고 있다. 사람들의 시선 때문에 잠시나마 '꿈을 향해 달려가는 것이 맞는 길인가?'를 고민하고 회의하는 것이 이 노래의 내용이다. 나의 가치에 따라 살아가고 있을 뿐인데, 좀 더디고 부족해도 내 꿈을 좇고 있는데, 삶의 표준에서 벗어났다고 말하는 사람들 때문에 낙담하고 지친 분들에게, 이 노래가 주는 격려와 위로를 건네고 싶다.

내가 가르치는 아이들도 훗날, 다양한 삶의 형태를 갖게 될 것이다. 어떤 삶이 정답이라고 여기는 마음 말고, 아이들이 알았으면 하는 것이 있다. 다양한 삶의 형태가 있으니 도전을 두려워하지 않아야 한다는 것과, 자신의 삶을 유일한 표준으로 여기고 다른 삶을 쉽게 판단해선 안 된다는 것.

8월에 부는 바람 속에서

　20대의 초입에 봤던 한석규, 심은하 주연의 〈8월의 크리스마스〉는 내 20대의 최고 영화 중 하나다. 그 영화를 떠올리면 영화를 본 장소와 시간도 함께 기억난다. 비디오테이프로 영화를 보던 시절이었다. 그 시절 제일 좋아하던 한석규의 영화라 잔뜩 기대에 부풀어 대여점에서 비디오를 빌려 왔었다. 한밤중이었다. 비디오 플레이어가 있던 안방엔 아버지가 잠들어 계셨지만, 다음 날까지 그 영화를 미뤄둔다는 건 생각할 수 없는 일이었다.

　난 조용히 비디오 플레이어를 켜고 안방과 도무지 어울리지 않는 커다란 등나무 의자에 앉아 몸을 기댔다. 아버지가 몸을 뒤척이며 그르릉, 하고 소리를 내실 때마다 몰입이 깨지긴 했지만, 그런 악조건에도 불구하고 영화는 내게 뭐라 말할 수 없는 울림을 주었다. 그 울림을 더 오래 간직하고 싶어서,

영화의 엔딩크레딧에서 흘러나오던 주제가를 몇 번이고 돌려 들었다. 선율에 얹힌 한석규의 목소리는 절절했다.

"지금 이대로 잠들고 싶어~ 가슴으로 널 느끼며~"

노래가 나오기 직전 그는, '나의 죽음을 사랑하는 사람에게 알리지 말라!'며 안타까움을 최고 단계까지 격상해놓고, 자기 방식대로 사랑을 정리하고 떠나지 않았던가! 난 가슴을 주먹으로 두드리며, 어둠 한쪽에 아버지가 누워 계신 것도 잊고 노래를 흥얼거리고 따라 부르기까지 했다.

어디서 영화를 보는지는 상관없었다. 내가 어디에 있든, 어떤 이야기는 꼭 맞는 열쇠처럼 내 감정의 구멍을 비집고 들어와 마음의 문을 열어줬다. 숙면을 바라던 아버지가 잠결에 이 노래를 들으셨다면 내게 노랫말과 같은 말로 호통치셨을지도 모르겠다.

"지금 이대로 잠들고 싶다, 쫌!"

—

죽음을 앞둔 이의 로맨스라니. 설정부터 슬프지만, 그 상대가 심은하라니. 생의 마지막에 심은하와 사랑에 빠졌는데, 그녀를 두고 이제 곧 떠나야 한다니! 이건 너무하다. 상대가 심은하가 아니었다면, 영화는 그 정도로 절절하게 마음을 울리지 못했을 것이다.

아주 가끔, 한석규와 이미지가 비슷하다는 얘기를 듣던 내게 (음음. 논쟁은 잠시 넣어둬, 넣어둬.) 이 영화는, 내가 알지 못하는 '나의 이야기'처럼 느껴지곤 했다.

주인공 정원이 치료를 받기 위해 병원 가는 버스에서 창문을 열고 여름 바람을 맞는 장면이나, 자신이 죽은 후에 홀로 남겨질 아버지를 위해 TV 리모컨 사용법을 스케치북에 적어 내려가는 장면이나, 청순하고 순진한 주차관리원 다림과 데이트를 하는 장면, 정원이 죽음을 예감하고 먼발치에서 다림을 몰래 지켜보던 장면. 이 영화 곳곳의 많은 장면이 마치 내 이야기였던 것처럼 내 장기 기억 저장소에 기록되어 있다. 8월이 되고 어디선가 불어온 바람이 내 머리칼을 흔들기라도 하면 그 장면들이 어제 겪은 일처럼 되살아오는 것이다.

많은 장면 중에 소나기가 내리던 날, 정원과 다림이 작은 우산을 함께 쓰고 가는 장면은 낭만의 절정이었다. 이후에 교양과목으로 포토샵을 배웠을 때, 맨 먼저 시도한 작업이 그 장면의 스틸 컷 속 한석규의 얼굴에 내 얼굴을 갖다 붙인 것이다. 그런 만행을 저질러서라도 애정을 표현하고 싶었다. 그 사진을 공개하고 많은 비웃음을 샀다. 그걸로 삐뚤어진 애정

표현은 대가를 치른 걸로.

영화 〈8월의 크리스마스〉는 주인공들의 극 중 이름을 기억하는 몇 안 되는 영화이기도 하다. 난 오랫동안 그 영화를 곱씹으면서 주인공들의 이름에 영화가 말하는 삶의 의미가 깃들어 있다는 생각을 했다.

여름 한때 초록의 풍요로움이 가득한 정원(庭園)을 걷듯 다림은 그렇게 주인공 '정원' 속으로 들어왔다. 8월에 만난 정원은, 다림에게 고요하고도 풍성한 숲과 같았다. 겨울이 되고 세상의 모든 정원이 초록의 빛을 잃었을 때, 연정을 품었던 '정원'도 더는 이 세상 사람이 아니다. 여름의 풍요로웠던 빛은 다림의 추억 속에만 존재하게 된 것이다.

예전엔 정원에게 나를 투영하곤 했는데 나이를 먹을수록 내 처지가 '다림'과 다름없다는 생각이 든다. 흠모하던 상대가 갑자기 죽지 않아도, 모든 사람은 다림이 겪었던 과정을 천천히 경험한다. 설레는 초록으로 가득 찬 정원을 걷다가 문득 내가 서 있는 곳의 색이 달라졌음을 깨닫게 되는 것이다. 설렘과 미숙함이 삶을 꽉 채우고 있던 날은 지나버렸고, 그런 날은 다시 오지 않으며, 이제 추억 속에만 존재한다는 걸 알아버린다. 내 젊은 날의 사랑 이야기들은 채 피지 못한 꽃봉오리로 겨울 한설에 얼어버렸다는 걸 깨닫고는, 다림이 그랬던 것처럼 한숨 쉬며 애꿎은 추억에 돌을 던지는 것이다.

〈8월의 크리스마스〉는 어쩌면, 황량한 겨울 풍경 속에서 여름의 풍요로웠던 기억을 반추하며 쓸쓸히 서 있는 사람, 미숙하고 설레는 연애와 사랑은 이제 삶에서 죽어버린 걸 깨닫게 되는 나 같은 사람을 빗댄 준엄한 메타포가 아닐지.

'8월의 크리스마스'라는 영화 제목이 주는 의미도 적지 않다고 생각한다. 영화는 풋풋한 사랑을 보여주는 동시에, 죽음을 말한다. 이 두 가지 개념은 서로를 더 풍성한 의미로 이끈다. 죽음과 끝이 있기에 사랑은 더 절절하고, 사랑이 있기에 죽음은 더 안타깝고 무거운 가치를 갖게 된다. 구세주 탄생을 기념하는 '크리스마스'는, 십자가에 못 박힌 예수 그리스도의 죽음 때문에 풍성한 의미를 띠게 된다. 이를 떠올린다면 '8월의 크리스마스'라는 영화 제목엔 이 이야기가 '죽음'에 방점을 찍었고, '사랑'은 그 죽음을 기억하는 한 방편이라는 의미가 담긴 게 아닐까.

누군가의 죽음을 기념하는 방편은 다양할 것이다. 언젠가 나의 죽음을 누군가가 기념할 때 그 방편이 '사랑'이라면, 내 죽음도 조금은 무거운 가치를 지니게 되지 않을까.

서로의 상처가 안도감으로 변하는 순간

두 남녀가 만난다. 정상적인 사람들의 만남은 아니다. 두 사람 모두 큰 충격으로 인해 정서적인 문제를 겪고 있다.

남자는 아내의 외도 장면을 본 뒤 광기에 휩싸여서 아내의 정부를 폭행하고, 직장과 아내를 다 잃고선 8개월 동안 정신 병원에 다녀왔다. 일상으로 돌아온 후에도 분노와 감정을 조절하는 데 애를 먹고 있다.

그런 남자에게 우연히 다가온 여자가 있다. 그 여자는 남편의 죽음으로 정신적인 공황 상태를 겪고 있다. 정신적인 문제와 외로움으로 섹스 중독이 된 그녀는, 사람들의 시선은 신경 쓰지 않고 거침없이 말하고 행동한다.

그녀가 남자를 본 이후로 그에게 저돌적으로 들이대기 시작한다. 남자의 아침 조깅길에도 불쑥 나타날 정도다. 남자는 여자가 부담스럽다. 남자는 냉담한 옛 아내를 되찾고 싶을 뿐이다.

계속 들이대던 여자는 남자에게 솔깃한 제안을 한다. 아내를 되찾기 위해서는 뭔가 달라졌음을 보여주어야 하니, 자신과 함께 댄스 대회에 나가자는 것이다. 남자는 지푸라기를 잡는 심정으로 여자와 댄스 대회를 준비한다.

영화 〈실버라이닝 플레이북〉의 줄거리다. 남자 주인공은 브래들리 쿠퍼, 여자 주인공은 제니퍼 로렌스였고, 제니퍼 로렌스는 이 영화로 22세라는 어린 나이에 아카데미 여우주연상을 탔다.

배우자를 잃고 상처 입은 남녀를 영화는 코믹하게 그린다. 상황을 일부러 웃기게 그려서가 아니라, 상처를 입고 난 뒤 보이는 행동의 비정상성이 웃음을 유발하는 것이다. 이렇게 비정상적으로 행동하는 인물들을 내 주변에서 만났다면 피하고 싶었을 테다. 하지만 이런 마음은 영화를 다 보고 나서 이렇게 바뀌었다. '저런 일을 겪고도 미치지 않으면 오히려 이상한 거 아닌가?' 하고.

상처 입은 사람들이 서로를 보듬어가는 이야기는 언제나 깊은 공감을 자아낸다. 상처 입은 사람은 상처 받은 사람의 냄새를 맡고 그 슬픔을 알아챈다. 이 지점에서 연약하기 그지없는 사람들의 깊은 연대가 생겨나고, 그 연대는 건강한 사람들의 그것보다 훨씬 '인간적'이다.

　누군가의 아픔과 시련은 겪어본 사람만이 제대로 이해할 수 있다. 나의 경우도, 우리 집의 가정사는 늘 목에 걸려 내려가지 않는 수박씨 같았다. 내뱉고 싶었지만, 아무에게 말했다가는 나의 아픔이 싸구려로 전락할 것만 같았다. 내가 가정사를 털어놓는 경우는, 비슷한 상황에 처한 친구의 이야기를 들었을 때였다. 아, 이 친구는 내 아픔의 무게를 이해하겠구나, 하는 안도감이 들 때 비로소 내 이야기를 할 수 있었다.

　거꾸로 생각해보면 몇몇 친구들이 내 아픔을 들을 수 있었던 이유는, 자신의 아픔 덕이었다. 누군가가 겪는 '아픔'은 이런 쓸모를 갖기도 한다.

　성공회 신부인 헨리 나우웬이 쓴 《상처 입은 치유자》(최원준 옮김, 두란노, 2011)라는 책이 있다. 그는 책에서, 상처를 가졌던 사람이 상처 입은 사람을 온전히 치유할 수 있다고 말한다. 온전한 '치유자'는, 아무런 상처가 없는 사람이 아니라 자신의 상처를 제대로 치유한 사람이라는 것이다. 상처가 없었던 사람은 상처 입은 처지를 동정할 수는 있어도 깊이 이해할 수는 없다.

　그 책에서 봤던 '그랜드캐니언'에 대한 이야기가 생각난다.

수많은 사람이 관광을 위해 몰려가는 그랜드캐니언은 사실상 상처 받은 거대한 협곡이다. 오랜 세월 동안 빙산에 긁혀 부서지고 천재지변에 무너진 결과 탄생한 곳이다. 깊은 협곡, 바위산에 깊게 새겨진 흔적을 가진 그랜드캐니언은 상처투성이의 장소다. 그 상처를 보고 사람들은 '아름답다'고 말한다.

사람도 마찬가지다. 우리는 아무 어려움 없이 온실 속의 화초처럼 살아온 사람보다, 시련을 극복한 사람을 '아름답다'고 여긴다. 사람들에게 위안을 주는 많은 이는 자신이 극복한 상처를 이야기한다. 바닥까지 떨어졌던 과거와 그것을 딛고 올라와 치유된 현재에 대한 이야기는 많은 이에게 용기를 준다. 최근까지 유행했던 여러 오디션 프로그램에서도, 실력 외에 어려운 시절의 '스토리' 하나쯤 가지는 게 우승의 요건이 되곤 했다. '상처'와 '아픔'을 극복한 이야기를 사람들이 어떻게 평가하는지 짐작할 수 있는 대목이다.

해결되지 못한 상처는 위험하다. 상처 입은 짐승처럼 주변을 할퀴기도 하지만, 잘 아문 상처는 한 사람을 더 깊은 사람으로 만든다.

그래서, 상처 입어도 된다! 고 말하기 위해 이 글을 쓰는 건 아니다. 아픈 이들을 위로하기 위해서도 아니다. 지금 아픔을 겪고 있는 사람에게 이런 말들은 당장에 별 위로가 되지 못한다.

다만 어쩔 수 없이 받게 된 '상처', 나의 의지와 관계없이 겪게 되는 '아픔들'이 아무짝에도 쓸모없는 게 아니라는 말을 하고 싶었다. 지금은 별 값어치 없는 동전처럼 보이지만, 한 푼 두 푼 적립해 놓으면 꽤 가치 있는 물건을 살 수 있다는 말이다. 그 동전으로 살 수 있는 물건은 많지 않지만, '공감의 눈'은 그 동전으로만 살 수 있다.

어린 날엔 '내 아픔 아시는 당신'을 찾아다녔던 것 같다. 그가 친구든, 연인이든 말이다. 나와 친한 친구나 사귀었던 사람 중에는 남부럽지 않을 '아픔'이 하나쯤 있는 사람이 많았다. 뭐, 그렇다고 해서 내 친구들은 죄다 상처투성이라고 생각하면 곤란하다. 본능적으로 아픔이 있는 친구와 더 깊은 마음을 나눌 수 있었다고나 할까. 아픔을 나눈다는 건 곧 비밀을 나누는 것이다. 비밀을 나눈 친구는 그들 둘레에 단단하고 아늑한 막 하나를 더 가지게 된다.

연약한 사람들, 상처 입은 사람들이 서로 기대는 광경은, 역설적으로 인간이 강한 이유를 보여준다. 나 강하다고 선전하는 인간, 젠체하는 인간은 잠시 부러움을 살 순 있어도 아름답게 느껴지진 않는다.

약해빠져서 서로 기대도록 만들어진 게 인간의 본질에 가깝지 않을까. 그래서 우리는 본능적으로 '장님이 앉은뱅이를 업고 가는' 그 모습에 마음을 빼앗기고 뭐라 정의할 수 없는 아름다움을 느끼는지도 모르겠다.

볼펜이 뭐라고

볼펜에 까다로워지기 시작한 건 마음에 쏙 드는 볼펜을 만난 어느 날부터다. 한 5년 전에 500원짜리 평범한 볼펜을 사게 됐다. 특별한 용도가 있었던 건 아니고 가스 사용량을 표기한다거나 치킨 가게 전화번호 따위를 적기 위해서 말이다.

싸구려 볼펜의 운명이 대개 그렇듯이 그 볼펜도 책상 위에 아무렇게나 던져진 볼펜 중 하나였고, 아무 때나 쓰다가 없어지면 다른 볼펜이 그 자리를 대신할 것이었다. (풀리지 않는 미스터리 하나, 드나드는 사람도 없는 방인데 싸구려 볼펜들은 끊임없이 실종된다.) 그건 내 방에서 없어져도 내가 스트레스를 받지 않을 몇 안 되는 물건이라는 뜻이다. 구멍 난 양말과 더불어.

어느 날 책상에 앉아, 읽은 책의 좋은 글귀를 공책에 옮겨 적는 데 그 볼펜을 쓰게 되었다. 손을 뻗으면 닿는 곳에 볼펜 여러 자루가 뒹굴고 있었고, 운명처럼 그 볼펜을 집기에 이르렸다. 글귀를 쓰는 내내 글귀보다, 볼펜의 사용감에 신경이 쓰였다. 평범한 볼펜들은 다 거기서 거기지만 글씨의 진하기, 볼의 움직임, 그립감 등이 아주 미세하게 다르다. 이런 말을 하면, "그런 미세한 것도 느낄 줄 안다는 말이야?" 하고 물을지도 모르겠다. 치킨 가게 전화번호를 쓰면서 그런 감각을 느끼기는 어렵지만, 좋아하는 구절을 아끼는 노트에 옮겨 적거나 오랜만에 손편지를 쓸 때는 손의 감각이 극대화된다.

그 볼펜은 요즘 나오는, 색이 아주 진한 프리미엄 볼펜들 같지 않았다. 종이에 닿는 볼의 움직임엔 적당한 저항감이 있어서 급하게 글씨를 써 내려가도 필체를 최대한 붙잡아 주었다. 그 점이 가장 맘에 들었다. 목소리로 치자면 허스키 보이스랄까. 그 이후로 난 문구점에 갈 때마다 그 볼펜을 찾았고 집, 학교, 가방에 두세 자루씩 놓고 애용했다.

싸구려 볼펜만 수집하는 요정이라도 있는 건지, 시간이 지나면서 볼펜은 하나둘 사라져갔다. 잉크가 다 되거나 볼이 빠져버린 것도 있었다. 그러다 어느 순간 그 볼펜은 한두 자루밖에 남지 않았고 자주 가던 문구점에서도 개수가 줄어드는가 싶더니, 얼마 전에 갔을 땐 하나도 남아 있지 않았다. 문구점에서 더 들여놓지 않은 것이다. 사람들이 많이 찾는 물건이 아니라는 뜻이다. 한정된 물건만 파는 작은 문구점들에선 더

욱 찾기 힘들었다. 물론 인터넷에서 대량으로 사는 방법도 있었다. 하지만 중요한 물건을 손쉽게 대량으로 사긴 싫었다. (왜 굳이 힘들게 사는지 모르겠네! 라고 하면 할 말이 없다.)

아내와 아기가 처갓집을 방문한 어느 토요일 오후에, 난 시간을 얻어 도서관에 갈 수 있었다. (아기가 태어나고 육아의 세계에 발들인 후 집 밖에 나가는 건 일정한 절차를 통해 허가를 받아야 하는 일이 되었다. 난 이 과정을, 현대 사회에서 평범한 젊은 가장이 가족의 일원으로 인정받는 하나의 조건으로 받아들였다.) 주어진 시간은 2시간 남짓.

쓸 것이 있어 볼펜을 찾았는데 가방에 없었다. 쓰지 못한다면 귀한 시간을 그냥 흘려보낼 수밖에 없었다. 위기였다. 난 곧장 도서관 근처의 문구점으로 달려갔다. 그리고 볼펜을 고르기 시작했다. 문구점은 근처 중학교 학생들을 주요 고객으로 두고 있었다. 문구점 한편에 있는 넓은 테이블에 중학생 네댓 명이 앉아서 이곳에서 파는 그림 카드를 갖고 게임을 즐기고 있었다.

난 원하는 필기감을 줄 볼펜을 찾고 또 찾았다. 중학생들의 웃음과 괴성을 뚫고, 힐끔거리는 눈초리들을 애써 모른 척하면서, 몇 번이고 왔다 갔다 하며 볼펜 진열장을 뒤적거렸지만 후보군에 들어있는 볼펜은 하나도 발견할 수 없었다. 누가 멀리서 진열장을 꼼꼼히 훑는 내 모습을 보았다면, 먼지 쌓인 진열장을 5년 만에 청소하기 위해 투입된 용역업체 직원으로 알았을지도 모르겠다. 중학생 한 명이 좋은 카드를 획득했는지, 다시 괴성을 지르며 옆 친구를 보고 낄낄거렸다. 난 카드를 빼앗긴 중학생과 똑같은 얼굴을 하고는 문구점을 나왔다. 그 옆에 있는 다른 문구점에서도 사정은 마찬가지였다. 그러는 사이 귀중한 시간은 30분이나 흘러가 버렸다. 나는 그제야 체념하고는 아무 볼펜이나 골라 들고 돌아와서 글을 썼다.

그때 난, 내가 물건에 가진 집착을 감지할 수 있었다. 특정한 물건이라기보다는 손에 느껴지는 필기감에 대한 까다로운 선호 같은 것 말이다. 망사스타킹이나 범상치 않은 냄새에 관한 선호가 아니라 다행이다. 그런 것이라면 드러내지도 못했을 텐데, 선호하는 게 필기감이라고? 글쓰기 대가의 냄새가 나는 듯해서 왠지 우쭐해진다. 내가 그런 선호를 가진 게 특별한 건 아니다. 아주 무던해 보이는 사람도 그런 선호 하나쯤은 갖고 있다. 요즘엔 지극히 사적인 취향만을 써놓은 책도 많이 볼 수 있다. 그런 책이 팔리는 걸 보면 아무리 독특해 보이는 선호라도, 이 세상 어딘가에는 비슷한 걸 영위하는 사람들이 많다는 뜻일 거다.

이 글을 쓰기 전에 누군가의 독특한 선호를 모티브로 삼아 이야기를 써보고 싶다는 생각을 한 적 있다. 예를 들면 필기감에 대해 까다로운 선호를 가진 가스 점검원이, 집착하는 볼펜을 잃어버리면서 위기를 겪는 이야기 같은. 얼마 전 우리 집을 방문한 가스 점검원이 볼펜과 종이 대신 태블릿 기기를 꺼내서 내 사인을 받던 기억이 떠올라서 그 이야기는 더 발전되지 못했다.

싸구려 볼펜을 수집하는 요정이 있는 한, 까다로운 기준을 들고 볼펜을 찾아 헤매는 내 수고도 계속될 것이다. 나도 이제는 글을 쓸 때 노트북을 꺼내는 빈도가 늘어나기 때문에, 필기감에 대한 선호는 언젠가 뭣도 아닌 걸로 흐릿해질 가능성이 크다. 어느 시점에 특정한 타격감을 주는 분홍색 키보드나, 딸깍대는 소리가 미세하게 다른 꽃무늬 마우스가 그 자리를 대신할지도 모르겠다는 생각은 하고 있다.

웃는 게 쉬웠는데

20대 시절엔 웃는 일이 가장 쉬웠다. 우스울 때 웃는 건 물론이고, 멋쩍을 때도, 어색할 때도, 아무 생각 안 할 때도, 좋을 때도, 싫을 때도 실실거렸다. 제일 이상했던 건, 아무도 보는 이 없는 상황에서도 웃음을 짓곤 했던 일이다. 영화 〈8월의 크리스마스〉에서 시한부 선고를 받은 한석규가 어떤 장면에서 빙그레 미소 짓던 걸 떠올리며 같이 웃곤 했다. 카메라가 날 찍고 있다고 상상하면서 말이다.

상황이 난처할 때도 가장 먼저 나온 반응은 웃음이었다. 내 웃음은 어떤 상황에서도 내놓을 수 있는 조커 패와 같았다. 조금씩 결이 다른 웃음들은 저마다 다른 의미를 내포하고 있었다. 물론 아무 뜻이 없는 웃음이 더 많았고, 웃음에 담긴 함의조차도 나의 소심함을 대변하는 성격이 강했다. 구구절절한 말보다 웃음 하나로 많은 걸 설명하려 했었다. 20대였을 땐 그게 가능했다. 내 웃음을 보고 사람들 대부분은 그 상황에서 들어야 할 말을 들은 것처럼 반응했다.

뭐라고 답해야 할지 몰라서 웃고 있으면, 상대방은 잠시 후 다음 말을 이어갔다. 비록 그들의 머릿속은, '얘기 안 할 거야?', '그래, 너한테 뭘 기대하겠어?', '생각 없니?', '내 질문이 이상했나?' 같은 다양한 생각으로 채워졌을지 몰라도, 웃음은 어색함을 무마시키며 우리의 대화가 자연스럽게 이어지도록 했다.

모임 시간이 꽤 지나 빙그레 웃고 있으면, 누군가가 말했다.

"야, 너 피곤하구나? 우리 이제 일어날까?"

"아, 아니. 난 괜찮은데."

그러면서 손은 이미 짐을 챙기고 있었다.

지금보다 훨씬 더 소심했던 시절엔 '피곤하니 이제 그만 마치자'는 말도 꺼내기 어려웠는데, 웃음은 그 말을 대신 전해주었다. 좋아하는 사람이 보일 때, 또 싫어하는 사람이 보일 때도 나는 늘 웃고 있었다. '난 네가 너무 좋아. 봐도 또 보고 싶어.', 혹은 '너 이제 그만 보고 싶어. 냉큼 사라져 줄래?'처럼 상반된 의미도 웃음이라면 넉넉히 담아낼 수 있었다. 웃음은 나의 모든 말과 감정이 모이는 바다와도 같았다. 난 자주 실실거리며 웃는 인간이었다.

지금은 외국에 나가 있는 절친 섭이도 실실거리는 걸로는 누구한테도 뒤지지 않았다. 우리가 어떤 상황에서 서로의 웃는 얼굴을 마주했을 때, 서로가 무슨 말을 하고 있는지 너무도 잘 알겠어서 2차, 3차의 새로운 웃음이 터지곤 했다. 그건 무서운 지뢰밭이었다. 폭발이 멈추지 않는 지뢰밭으로 뛰어든 우리는, 때때로 난처했다. 심각한 얘기가 오가는 모임에서 우리는 눈이 마주칠 때마다 웃음이 터지기도 했다. 허벅지를 찌를 송곳이 절실한 순간이었다.

아주 가끔 내 웃음을 상대방이 제대로 해석하지 못하는 경우도 있었다. 고등학교 때 한 선생님은 실실거리는 나를 못마땅하게 여겼던 것 같다. 선생님이 중요하지도 않고, 어렵지도 않은 어떤 걸 물어보셨는데, 난 뭐라고 답해야 할지 몰라 "아, 뭐…" 하며 웃고 있었다. 그때의 웃음은 대답할 시간을 벌기 위한 것이었다. 선생님은 정색을 하고는 내게 말씀하셨다.

"대답을 할 때는 명확하게 해야지."

선생님은 나를 아끼는 분이었고, 내게 세상을 사는 데 필요한 교훈 하나를 가르쳐주고 싶으셨다고 생각한다. 난 그 말에 대한 대답도 우물쭈물하며 억지웃음으로 때웠다. "명료한 말이 생각났다면, 이렇게 웃지도 않았을 거예요." 차마 이 말은 하지 못했다. 어린 날의 그 일화를 제외하곤, 내 웃음은 약속 대련처럼 기대한 반응을 얻어내곤 했다.

교육대학을 졸업하고 정식으로 발령받기 전 잠시 기간제교사로 일할 때, 내가 근무하던 학교가 복지 시범학교로 선정되어 아이들 가정방문을 다닌 적이 있다. 그때도 웃음을 얼굴에 장착하고 이 집 저 집을 다녔다. 그 웃음에 별 의미는 없었다. 굳이 뜻을 찾는다면 '그래요, 이렇게 학생들 집에 다니는 게 전 어색해요. 소금 뿌리지 않으실 거죠? 개는 단단히 묶어두셨죠?' 정도의 의미가 되겠다.

한 아이의 집에 갔는데 방에 앉아 두리번거리던 내게 부모 대신 아이를 키우던 할머니가 말씀하셨다.

"사는 꼴이 참 우습죠?"

"아, 아닙니다."

내 얼굴엔 웃음기가 사라졌다. 상황에 따라 웃음을 다른 뜻으로 해석할 수도 있구나, 상대가 조롱으로 받아들일 수도 있겠구나, 하고 처음으로 진지하게 생각한 순간이었다.

나이를 먹으면서, 내 웃음은 상대에게 많은 해석의 여지를 불러일으켰다. 내 웃음이 변한 것인지, 사람들이 변한 것인지 모르겠지만, 어느 순간부터 사람들은 더 이상 내 소심을 가리기 위해, 아무 뜻 없이, 그저 선의로, 심심해서, 배가 고파서, 해치지 않는다는 걸 알리기 위해서, 실없어서 웃는다고 생각해주지 않는 것 같았다. 상대방은 내 웃음이 적극적이고 공격적인 메시지를 담고 있다고 여기는 것 같았다. 그저 웃던 웃음에 명확한 의미를 하나하나 새겨 넣으려 하고, 상대가 어떻게 해석할지를 미리 헤아리기 시작하자, 웃는 일이 점점 물에 젖은 솜이불이 되어갔다.

이제 누구도 어리다고 보지 않을 나이가 되고, 어느 날 문득 거울을 보니, 내 얼굴엔 웃음기가 없었다. 예전엔 웃는 게 가장 쉬웠고, 일상적이었는데 말이다. 난 지금도 무표정을 장착하고 자판을 눌러대고 있다. 웃긴 일 없는데 한번 웃으려면 꽤 에너지를 써야 한다. 예전엔 웃을 때 나 스스로 밝아졌다는 자의식이 있었는데, 지금은 우습게 보인다는 자의식이 생긴 듯하다. 나도 별수 없이 무뚝뚝한 아저씨가 되어가는 것인가.

난 아직도 실없고, 심심하고, 외롭고, 어색하고, 무안하고, 조마조마할 때 웃고 싶은데. 나도 그런 순간에 둘러싸여 있다는 걸 들키고 싶은데. 나이 먹은 나는 그런 순간들을 들키지 않으려고 한다. 그러니 철벽 수비 전술만 경기 내내 구사하는 축구팀처럼 답답하고 재미없는 일상이 이어진다. 허술하게 보이면 사람들이 쉽게 다가오리라고 의미를 부여했던 청년기는 어디로 가고, 쉽게 보이는 순간 인생이 피곤해진다, 는 근본 없는 철학이 내 삶을 잠식하고 있다.

웃는 법을 완전히 잊기 전에, 입꼬리 주변 근육들을 부지런히 문질러야겠다. 잃어버린 '실없음'을 다시 주워 들고, 가려왔던 허술함을 만방에 공표해야지. 아, 생각만 해도 설레고… 피곤하다.

호텔왕 게임이 가르쳐준 것

　대학 기숙사 생활을 해본 사람이라면 재미있는 기억을 하나쯤 갖고 있을 것이다. 내가 생활했던 기숙사는 아파트 구조로, 거실을 중심으로 방이 세 개 있었다. 각 방엔 두 사람씩 배정되었다. 고향도, 학과도, 나이도, 생활 방식도 다른 여섯 명이 1년 동안 한 호실에서 생활했다.

　신축 기숙사였던 남자 사생관엔 아직 방마다 인터넷 선이 들어오지 않은 상태였고, 인터넷을 사용하려면 기숙사 1층에 있는 공동 컴퓨터실을 이용해야 했다. 2~3년 후에 순차적으로 인터넷 선이 설치된 후엔 사생들 대부분이 여가를 자기 방에서 보내는 일이 많아졌다. 즐거움을 충족하기 위해 방문을 열 필요가 없어졌다. 고독을 괴로워하지 않을 환경이 마련된 것이다.

　난 인터넷 선이 아직 방에 도달하지 못했던 2년 동안 기숙사에서 지낸 것을 행운이라고 여긴다. 어쩌면 그때가 서로를 직접 마주하며 공동생활의 즐거움을 만끽할 수 있었던 마지막 시기였을지도 모르기 때문이다. 우리는 시간이 남을 때마다 즐거움을 찾아 거실로 나오곤 했다.

우린 함께 농구를 즐기기도 했고, 깐풍기를 시켜 먹기도 했다. 꽤 많은 시간을 얼굴을 보며 함께 지냈다. 주말엔 1층 컴퓨터실에 다 같이 모여 고만고만한 실력으로 스타크래프트 경기를 펼치기도 했다.

기숙사엔 여러 가지 규칙이 있었다. 그 규칙을 어기면 벌점을 받게 되고, 그 벌점은 다음 해 기숙사 배정에 영향을 주었다. 가뜩이나 수용 인원이 적었던 남학생 기숙사는 단 한 번 받는 벌점도 치명적이었다. '밤 12시 이후엔 출입 금지'라는 규정이 있었다. 자정 이후엔 배달 음식을 들고 오는 배달원도 기숙사의 뜰을 밟을 수 없었고, 사생들도 밖으로 나갈 수 없었다.

어느 날 자정이 지난 시간에, 배가 출출하고 깐풍기가 너무 먹고 싶었던 우리는 한 가지 방법을 생각해냈다. 기숙사 창문 밖으로 바구니를 내려서 배달 음식을 받기로 한 거였다. 배달은 기숙사 안이 아니라 담 밖에서 이루어지므로 규정 위반이 아니었다. 우린 멀티탭을 연결한 바구니에 음식값을 붙여서 배달원이 기다리고 있는 창문 밖으로 매달아 내려보냈다. 담과 기숙사 건물 사이엔 1미터 정도의 간격이 있었다. 바구니를 1미터 밖으로 던져야 하는데 1차 시도에서 바구니가 그만 담 안쪽으로 떨어져 버렸다. 다시 바구니를 끌어올려서 던지면 되는데, 잠시를 참지 못한 배달원이 그 순간 담을 넘어버렸다. 문제는 배달원이 담을 넘어 깐풍기를 바구니에 담을 때, 1층 사무실 창문으로 사감 학생들과 눈이 딱 마주친 것이다.

사감 학생들은 모두 여학생 선배들이었다. 사감들은 기겁을 하며, 우리를 즉시 소환했다. 그들은 기숙사의 풍기를 문란케 했다는 이유로, 우리에게 벌점을 부과하겠다고 했다. 우린 모두 내년에도 기숙사 입소가 절실한 사람들이었다. 기숙사 생활에 드는 생활비와 자취 비용 사이엔 엄청난 차이가 있었고, 그건 학생들 선에서 끝나는 문제가 아니라 집안 경제까지 뒤흔들 사안이었다.

우린 다음 날, 배달원이 담을 넘어온 건 우리 의지가 아니었고, 이 문제와 직접 관련된 벌점 규정이 딱히 없으니 벌점 부과를 재고해 달라고 요청했다. 신입생인 우리와 선배였던 사감 학생들 간의 토론이 오간 후에, 우린 처분을 기다리게 되었다. 결국 관련 규정이 없어서 우린 벌점을 면하게 되었고, 다음 해에도 기숙사에 남게 되었다. 이듬해, 기숙사 설립 이래

처음으로 '자정 이후 음식 배달 전면 금지' 조항이 신설되었다.

별일이 없을 때면 우린 저녁마다 거실에 모여 〈호텔왕 게임〉이라는 보드게임을 즐겼다. 이후로 난 그 게임의 예찬론자가 되었다. 학교를 졸업한 뒤 집에도 사두었지만 안타깝게도 즐길 기회가 잘 없었다.

〈호텔왕 게임〉의 게임 방식은 희대의 베스트셀러 〈부루마블 게임〉과 비슷하다. 주사위를 굴려 말이 움직인 곳의 땅을 사고, 호텔을 지어 그곳을 지나는 사람에게 숙박비와 통행료를 받는다. 다른 사람의 땅에 자주 머물게 된 불운한 유저는 일찍 파산해 게임에서 아웃된다. 최종적으로 가장 많은 땅과 호텔, 가장 높은 액수의 현금을 가진 사람이 이기는 게임이다.

기본 방식과 구조는 똑같지만, 〈부루마블 게임〉과는 결정적으로 다른 점이 있다. 〈호텔왕 게임〉엔 '협상과 거래'라는 요소가 들어가 있다. 〈호텔왕 게임〉에선 같은 색으로 표시된 두 개의 도시를 다 소유해야 그곳에 건물을 지을 수 있다. 그래서 하나의 도시만 가진 유저들은 다른 유저와 협상과 빅딜을 함으로써 건물을 지을 수 있는 조건을 확보해야 한다. 〈부루마블 게임〉은 주사위의 운이라는 '우연적 요소'가 승패에 결정적인 영향을 끼치지만, 〈호텔왕 게임〉에서는 게임 초반에 주사위의 불운으로 다소 뒤처졌다 하더라도 적절한 협상과 빅딜을 통해 상황을 역전시킬 여지가 있다.

게임 내내 유저와 유저 사이에 협상을 유리하게 끌고 가려는 치열한 토론과 설득, 그리고 사탕발림이 난무한다. 기숙사에서 이 게임을 밤에 자주 하다 보니 서로의 거래와 협상 스타일도 알게 되고, 시행착오가 쌓이면서 불리한 협상과 유리한 협상의 전형도 체득하게 되었다. 얕은수로는 유리하게 협상을 이끌 수 없었다. 결국 순조로운 협상을 위해선 원원하는 방법을 고민하는 것만이 최선이었다. 말도 안 되는 제안은 협상 테이블에 올라가지도 못했다. 20대 초반에서 중반이었던 우리는, 밤마다 국제적인 기업가가 되어 자본주의의 속성을 체득해가며 진한 우정을 쌓을 수 있었다.

인터넷과 기술의 진보가 우리에게 준 것도 많지만, 빼앗아 간 것도 많다. 이제 우린 혼자 있을 때 무료함을 느끼기가 쉽지 않다. 어느 정도의 시간까진 고독과 외로움도 잊을 수 있다. 문명의 이기 덕에 홀로 식당에 앉아 있어도 두리번거리지 않게 되었다. 처음 참석하는 모임에 일찍 도착했을 때, 낯선 사람과 어색한 인사를 나누고 대화를 이어나가려고 노력하는 대신, 손바닥 위의 기기에 집중하기만 하면 된다. 낯선 곳에서, 낯선 사람들 앞에서 두리번거리고 어색할 권리를 빼앗겨 버린 사람들에게 남은 것은 결국, 낯선 것에 직면하기를 두려워하는 마음이 아닐까.

인터넷이 미처 보급되지 못한 과도기에 대학 기숙사 생활을 한 것은 행운이었다. 그때 우리는, 저마다 고독과 싸우고 어색함을 이겨내는 방법을 배워야 했으며, 무료함을 달래기 위해 서로의 손을 붙잡는 법을 익혔다.

서랍 한구석에 넣어둔 〈호텔왕 게임〉을 볼 때마다 내가 파산하며 익힌 것이 무엇인지, 협상에 성공하며 누린 게 무엇인지 생각한다. 그것은 분명 호텔과 부(富), 그 이상이었다.

교실 바닥을 쓸며

흔들흔들 해적선

교실에 비치된 보드게임 중에 〈흔들흔들 해적선〉이라는 게 있다. 아이들은 쉬는 시간에 바닥에 앉아 이 게임을 시작한다. 아이들은 돌아가며 흔들리는 해적선에 작은 모형을 조심스럽게 하나씩 놓는다. 모형이 해적선에 놓일 때마다 해적선은 휘청한다. 그러다가 해적선의 진동이 잦아들면서 제자리에 멈춰서면 아이들도, 보는 나도 가슴을 쓸어내린다. 위치를 잘 골라서 모형을 놓지 않으면 해적선은 한순간에 균형을 잃고 와장창 무너질 것이다.

삶의 어떤 구간에선 나의 의지로 어찌할 수 없고, 끝이 보이지 않는 막막한 일을 만나기도 한다. 그럴 때 마음은 '흔들흔들 해적선'이 된다. 감정의 추가 하나씩 놓일 때마다 마음은 위태로워진다. 누군가로부터 그 일에 관해 한마디만 들어도 무너져내릴 것 같은 심정이 된다. 마음은 수시로 흔들리다가 진폭이 작아지며 제자리에 멈춰서고, 또 흔들리기를 반복한다.

그럴 때 누군가는 나의 막막함이나 서글픔을 전혀 모르는 상태에서, 뜻하지 않게 내게 큰 위안이 되는 말과 행동을 한다. 그 말과 행동이 '추'가 되어 내 마음의 균형점에 놓인다. 나도 알지 못하는 균형점에 놓인 추는 다 쓰러져가던 내 마음을 다시 일으킨다. 나는 한숨을 내쉬며 가슴을 쓸어내린다.

언젠가 내 마음은, 와장창 무너지고 엎어질 것이다. '흔들흔들 해적선'의 끝은 늘 그렇다. 그렇게 무너졌을 때 너무 오래 지체하지 않고 다시 마음을 일으킨다면, 그건 뜻하지 않게 균형을 잡아주었던 작은 추 하나 때문일 테다. 우리는 그렇게 서로 막막한 마음을 스치며 온기를 주고받는다.

위태로운 이에게 주어지는 위안이란 그런 것이다. 당장의 위기를 해결하진 못해도, 완전히 무너졌을 때 다시 일어서는 데 도움이 되는 발판 같은 것 말이다. 위태로울 때 사람들 대부분은 기적적으로 다시 일어서게 되기를 바라겠지만, 인생이라는 긴 시간을 놓고 봤을 땐 넘어졌을 때 완전히 엎어지지 않게 만드는 작은 위로가, 사람들에게 더 필요한 것일지도 모르겠다.

책으로 배운 배려

국어 시간에 상대를 배려하며 말하는 방법에 대해 수업했다. 상대방이 실수했을 때, 뭔가를 잘했을 때, 감정이 상했을 때 등 상황에 따라 어떻게 말해주면 좋을지를 공부한다. 예를 들어, 친구가 미술 준비물을 깜빡하고 가지고 오지 않았을 때 이런 나쁜 예와 옳은 예가 나온다.

> 나쁜 예: "야, 진짜 챙긴 거 맞아? 정신을 어디 두고 다니나?"
>
> 옳은 예: "그래? 어젯밤에 챙긴 것 같은데 없어서 당황스럽겠네. 오늘은 내 거 같이 쓰자."

교과서에선 나쁜 예와 옳은 예의 구분이 확실하다. 후자처럼 상대방이 들었을 때 기분이 상하지 않게 말하는 것이 정답이다. 하지만 우리가 익히 경험했듯이, 살다 보면 교과서의 답이 늘 정답이기만 한 건 아니다. 준비물을 상습적으로 챙겨오지 않는 친구에겐 전자처럼 따끔한 질책이 더 필요할지 모른다. 그리고 늘 교과서처럼 옳은 예를 시전하는 친구는, 약삭빠른 친구들에게 호구로 잡힐 위험도 있다. 그래도 우린, 이 세상에 사는 사람들 대부분이 배려를 받았을 때 고마움을 알고, 자신의 실수나 잘못도 돌아볼 거라고 전제하고 수업을 한다. 그런 전제에서 벗어난 예들은 아이들이 살아가며 배울 몫으로 남겨둔다.

어쨌든, 수업 시간에 아이들은 옳은 예를 열심히 학습했다. 비슷한 다른 상황을 주고 친구를 배려하며 이야기해 보라고 했다. 어떤 아이가 자신 있게 손을 든다. 반짝이는 눈빛이 무색하게 엉뚱한 대답을 한다. 순간 엉뚱한 대답을 한 아이에게 비난과 비웃음이 쏟아진다. 그리고 여기저기서 아이들이 손을 든다. '배려하는 말하기'를 발표해 보겠다며. 하-

그래, 애들아. 삶으로부터 배운 것이라야 삶을 바꾼단다. 책으로 배운 건 아는 티를 내거나, 시험 칠 때나 유용하지.

깃털 같은 마음들

아이들이 떠난 빈 교실에서, 교실 짐을 옮기고 청소를 했다. 교실 바닥을 쓸면서 든 생각은 '웬 오리털이 이렇게나 많지?' 였다. 교실이 오리 소굴과 다를 바 없어진 이유는, 3분의 2 이상의 아이들이 입고 다니던 롱패딩 탓일 게다.

오리털들은 비질을 할 때마다 빗자루를 가뿐히 뛰어넘었다. 빗자루로는 그것들을 잡아둘 수도, 모을 수도 없었다. 오리털은 늘 빗자루가 일으키는 바람에 미리 반응하고 요동했다. 보란 듯이 날렸다.

지난해에도 난 가끔 아이들을 대할 때, 오리털 앞에 선 빗자루의 무력감을 느끼곤 했다. 어떤 아이들의 마음을 모으고 붙잡아두고 싶었지만, 그들의 마음은 내 말과 행동을 뛰어넘어 이리저리 날리기 일쑤였다. 모으려고 애를 쓸수록 무력감은 깊어갔다.

어쩌면 비질로 오리털을 모으려는 시도 자체가 잘못된 것이었는지도 모르겠다. 붙잡으려는 대상에 따라 달라져야 할 것은, 나의 접근 방식일 테다. 내가 변하고 유연해져야 한다. 비질을 하면서, 새 학기엔 조금 더 나은 선생이 되자는 다짐을 했다.

교실 바닥을 뒹굴던 오리털들은 진공청소기로 모조리 빨아들였다. 새로 만나는 아이들의 마음을 다 빨아들이고 싶다. 그게 선생으로서 맛볼 수 있는 제일의 낙이다.

내 몫만큼만 어른이 되고 싶습니다

내가 지금껏 만났던, 마음이 건강한 많은 이는 하나같이 '성장'에 대한 로망이 있었다. 더 괜찮은 사람이 되기 위해 책을 찾아 읽고, 공부를 하고, 자신보다 하나라도 더 나은 점이 있는 사람에게 질문을 던졌다. 그런 이들은 자신의 부족한 면을 잘 들여다볼 줄 알았다. 자신의 한계를 인식하고 개탄하며, 부족한 부분을 메우기 위해 눈보라 때문에 눈을 뜨기 어려울 때도 힘겹게 한 걸음 떼기를 주저하지 않았다. 그들이 머잖아 더 나은 사람이 될 것은 확실해 보였다. 나도 그들 중 하나였다.

그렇지만 '성장에 대한 로망'을 가진 사람들은 나이를 먹으면서 적잖이 당황한다.

"도대체, 나는 언제 다 자라는 거야?"

"아니 지금껏 이렇게 수리하고 보수했는데, 또 고칠 데가 있네?"

"나이를 먹으면 나아지기만 할 줄 알았더니, 나빠진 게 더 많군."

괜찮은 어른이 되기 위해 나름의 노력을 기울이며 달려왔건만, 내 마음의 구멍은 쉽사리 채워지지 않는다. 나이를 좀 더 먹으면 나 자신에게 '엄지 척'을 날릴 수 있을 거라 기대했는데, 그 엄지가 빙그르 돌아 땅을 향하지 않으면 다행일 날들이 계속된다. 사람들에게 더 너그러워지지도, 더 여유롭게 굴지도 못한다.

상황에 따라 적절한 말과 행동을 하며 넘치지도, 모자라지도 않게 환경을 제어하는 사람, 누구에게도 상처 주지 않고 자신이 원하는 바를 명확하게 드러낼 줄 아는 사람, 갈등이 얽혀드는 와중에도 상대를 압박하지 않으면서도 관계를 조정하는 수완을 가진 사람. 그런 사람들을 보면 저들은 뭘 먹고 저렇게 자랐을까, 하고 질투 어린 자문을 하게 된다.

하지만 애초에 특정한 누군가와 나를 비교하는 것 자체가 함정임을 깨닫게 되었다. 우리의 이상(理想) 속에는 훌륭한 어른들의 덕목이 많지만, 애초에 내 것이 아닌 게 분명히 있다. 내향적이고 소심한 난, 내 일이 아닌 남의 문제에 뛰어들어 매

번 해법을 제시하며 내 삶의 일부를 떼어주면서까지 애쓰기란 힘들 것이다. 한두 번 그게 가능할지는 모르겠지만 지속성을 갖긴 힘들다. 그 반대의 유형에게도 난관이 있다. 남의 문제에 도무지 손 놓고 있을 수 없는 이들은, 다른 이를 도통 기다려주지 못한다. 이런 걸 보면 애초에 괜찮은 어른의 덕목을 다 획득하긴 어렵다. 개인의 고유한 특질과 충돌하거나 덕목들끼리 충돌하는 경우도 많기 때문이다.

결국엔, 괜찮은 어른이 되는 일도 내 본질에서 몇 발짝이나 더 앞서 나가느냐에 귀결된다. 그렇게 떼어놓은 몇 발짝으로 우린 저마다 다양한 어른의 모습에 도달한다. 다른 사람을 품고 적절한 조언을 건네는 따뜻한 어른이 되기도 하고, 젊은이의 문화와 패션 코드를 다른 차원으로 소화하는, 젊은이보다 더 젊은 어른이 되기도 한다. 좋은 어른의 상(像)은 정해진 것도 아니고, 또 원한다고 해서 다 가질 수 있는 것도 아니다.

《나니아 연대기》의 저자로 잘 알려진 C. S. 루이스는 '성장'과 관련해 내게 큰 위안을 주었다. 하나는, 인격에 대한 것이다. C. S. 루이스가 말하는 요지는 '모든 사람이 가진 재료는 제각각이고, 출발선도 전부 다르다'는 이야기다. 인격 수양을 하고 있다는 괴팍한 노파를 보면 대개 손가락질할 것이다.

"저 따위로 말하고 행동하는데도 인격을 수양하고 있다고 말할 수 있나."

하지만 모두 출발선이 다르다는 사실을 알아야 한다. 그 노파가 인격이라는 걸 거울을 닦듯 닦기 전엔, 얼마나 더 끔찍했을지! 인격에 있어서만큼은 절대평가가 아닌, 상대평가를 해야 한다. 평가 상대는 남이 아니라, 과거의 나와 현재의 나다.

그 얘기를 듣고서 난 조금 편안해졌다. 괜찮은 어른으로 성장하는 일이, 내 안의 모난 것들을 제거하고 구멍 난 부분을 얼른 다 메운 후, 100미터 달리기 하듯이 누군가를 따라잡아야 할 문제가 아님을 깨달았기 때문이다. 처음부터 이렇게 생겨 먹은 나에게서 그저 몇 미터만 나아가면 된다. 그리고 그 다음 몇 미터, 그 다음 몇 미터, 이런 식으로 조금씩 앞으로.

C. S. 루이스가 내게 위안을 준 또 다른 한마디는 이것이다.

"많이 가진 자는 많이 나누어야 한다."

우리의 삶을 주관하는 절대자는 결코, 모든 이에게 똑같은 비용을 청구하지 않을 것이다. 앞서 말했지만 출발선이 다 다르다. 괜찮은 어른이 되는 일엔, 말과 행동의 '이타성'이 커지는 현상이 동반된다고 대부분 기대할 것이다. 우리 모두 마더 테레사나 기부왕인 가수 션처럼 될 순 없다. 애초에 난 그들처럼 타인에게 헌신하겠다는 강렬한 의지를 갖고 태어나지 못했다. 내 재료는 나 하나 건사하고, 내 가족을 돌아보는 딱 그만큼이다. (어쩌면 그 이하일지도.) 절대자는 내게 주어진 의지 이상으로 내게 요구하지 않으리라는 믿음은 나의 한숨을 눈에 띄게 줄여준다. 중요한 건, 그 출발점에서 조금씩 나아갈 수 있다는 점이다. 션과 나를 비교하지 않고, 사소해 보이지만 내가 할 수 있는 일을 찾을 수 있다.

조금씩 어른이 되어가는 과정에서 만나는 한 가지 당혹스러움은, 그나마 괜찮았던 내 모습이 변해버린 걸 깨닫는 일이다. 날개를 만들려고 아등바등하며 용을 쓴 끝에 비행 기능이 없는 작은 날개가 겨우 겨드랑이에 돋아났는데, 멀쩡했던 다리가 고장 났음을 발견하는 꼴이다. 그래서 내가 잃어버린 건 뭘까, 다시 되살려야 할 건 뭘까, 에 대한 고민이 성찰의 중요한 주제가 되었다.

그 같은 과정은, 어떤 지역을 재개발하는 일과 비슷해 보인다. 자연 상태였던 장소를, 발전을 위해 개발한다. 생활은 편리해진 것 같은데, 메워버린 호수의 반짝임과 아침마다 지저귀던 산새 소리가 그리워진다. 그래서 이번엔 다시 지속 가능한 발전 방향으로 재개발에 돌입한다. 없었던 호수도 인공으로 하나 만들고, 베어냈던 나무도 심는 일이다. 그 작업이 내 마음속에서 진행되고 있다.

사는 데 딱히 편리하진 않았어도 후한 점수를 줄 만한 면도 내 안에 많았음을 깨닫게 된다. 누구나 갖고 있을 것이다. 엉망으로 보이는 내 모습 한편에 숨겨진 귀한 부분들을.

어른이 되는 일은 이렇게 이루어진다고 믿는다. 원래의 내가 위대한 누군가로 탈바꿈하는 것이 아니라, 내가 가진 재료로 할 수 있는 만큼 요리해 나가는 일이라고. 괜한 욕심 부릴 일이 아니다. 괜찮은 어른이 된다는 것은.

더는 자신을 보며 자괴감에 빠지지 말고, 제 몫만큼만 나아가라고, 제 몫만큼만 어른이 되라고 말하고 싶다.

3장

조금 헐렁한 웃음

어느 시골 교사의 명과 암

얼마 전에 알게 된 이야기를 하겠다.

1970년대 중반이었다. 어느 시골 남자 중학교에 한 젊은 남자 선생님이 부임했다. 박주현 선생님이었다. 한 학년에 한 개 반이 있었고 한 반에는 스무 명쯤 되는 학생들이 있었다. 같은 반 아이들은 입학 후 졸업할 때까지 운명 공동체로 묶여 지냈다. 아이들 대부분은 졸업 후에 3분의 2 정도는 농사일에 뛰어들고 나머지는 읍내에 있는 고등학교에 갔다.

고등학교에 진학한 아이들은 졸업하고는 읍내에 있는 공업 소에 취직하거나 가까운 도시에서 행상을 했고, 이도 저도 안 될 때는 다시 고향으로 와서 농사일을 배웠다. 고향이 같은 친구들은 근처에 살며 자주 만났다. 그들이 하는 일에는 우위 가 없었다. 모두가 농사꾼이 될 수 있었고, 공업소에 취직할 수도 있었으며 원하면 행상이 될 수도 있었다. 그것이 학생들 대부분의 앞날에 놓인 삶의 방식이었다.

하지만 새로 부임한 박 선생님은 생각이 달랐다. 선생님은 아이들이 거기서 만족하지 않기를 바랐다. 누구는 의사도 되고 판사도 되고 서울대도 가기를 바랐다. 그래서 부임한 다음 날부터 아이들에게 공부의 중요성을 강조했다. 이것이 살길이고 잘사는 법이라며 운을 뗐다. 선생님은 열정이 있었고 밀어붙이는 추진력도 대단했다. 당장에 반 아이들 모두에게 수업 후 남아서 공부하도록 했다. 처음엔 모든 아이가 당황했다. 하지만 그중 몇몇은 선생님의 말대로 충실히 공부했다. 그렇게 공부해 성적이 올라가자 더욱 공부에 매진했다. 하지만 아직도 열댓 명의 아이들은 수업 후 소에게 여물 먹일 생각을 했고, 갈대를 꺾어 빗자루를 만들 생각을 했다. 계곡에 가서 가재 잡을 궁리를 했으며, 들길을 뛰어다니는 상상을 했다.

용기를 낸 어떤 아이 하나가 야간 학습에서 빠지려고 선생님을 찾아갔다가 흠씬 두들겨 맞는 일이 있었다. 피멍이 든 허벅지를 본 아이들은 절대로 다른 생각을 할 수 없었다. 두 달이 흐르자 선생님의 열정 아래에서 만들어진 우등생이 여섯 명쯤 되었다. 선생님은 이 여섯 명에게 다른 아이들을 물리적으로 훈육할 수 있는 자신의 권한을 위임하기도 하고 야간 학습 시간에 따로 불러내어 라면을 함께 끓여 먹기도 했다.

그러던 중 한 아이가 옆 동네 중학교에 전학을 가게 되었다. 선생님의 방식에 불만을 품고 학교를 옮기게 해달라고 부모님에게 사정한 것이다. 선생님은 마지막 야간 학습 시간에 그 아이를 교무실로 불렀다. 그러곤 내가 줄 수 있는 마지막 가르침이라며, 아이의 엉덩이를 서른 대 때렸다. 물을 흐리는 너 같은 놈은 필요 없다고 소리쳤다.

그즈음 학교 주변 마을에 이상한 소문이 돌았다. 박 선생님에게 사실은 선생님 자격이 없다는 말이었다. 전직 군인이었던 그는 지역 교육장의 약점을 잡고선 학교에 일자리를 달라고 협박했고, 그렇게 불법으로 학교에 오게 된 이후 오래 근무했던 군 시절 경험을 교육에 접목하고 있다는 것이다. 소문이 돌긴 했지만 그 말이 사실이라면, 교육장의 비호를 받고 있는 그를 교장이라도 감히 건드릴 수 없는 노릇이었다. 선생님은 동네 어른들과의 술자리에서 자주 말했다. 내가 가르치는 아이들이 잘살게 되기를 바란다고. 내가 그렇게 만들 수 있다고.

여섯 명의 아이들은 성적도 계속 오르고 선생님을 우러러보며 진심으로 따랐다. 그중 어떤 아이는, 뒤에서 선생님에 대한 불만을 말하거나 욕하는 아이를 선생님에게 이르기도 했다. 불만을 들킨 아이들은 밤공부 시간에 조용히 불려 나가 혹독

한 매질을 당했다. 해가 바뀌고 학년이 새로 바뀌었다. 박 선생을 충실히 따르는 여섯 명을 제외하고는 모든 아이가 다른 담임이 오기를 바랐다. 지금까지의 관례로 보면 선생님들이 돌아가면서 그 학년의 학생들을 맡곤 했다. 새 학기 첫날에 아이들이 선생님을 기다리고 있을 때 문을 열고 들어온 사람은 박 선생이었다. 선생님은 말했다. 내가 교장 선생님께 특별히 부탁해서 다시 너희를 맡기로 했다. 내가 너희를 제대로 이끌어 주겠다.

열댓 명의 아이들은 절망감에 빠졌다. 지난 1년 동안 그들은 밤 시간을 강제로 빼앗겼다. 그 대가였는지 반 평균 점수는 눈에 띄게 올랐다. 선생님은 이례적으로 지역 교육청에서 주는 공로패를 받기도 했다.

새 학기가 시작되고 1주일이 지났을 때, 세 명의 아이가 무단으로 야간 학습을 거부하고 학교를 나갔다. 다음 날 선생님은 자신의 충직한 여섯 제자에게 그 세 명을 체벌하라고 지시했다. 한 명당 서른 대가 넘는 마대 자루 구타가 이어졌다. 선생님은 그것도 분에 안 풀렸는지 다시 아이들을 불러내어 열 대씩 때렸다. 그 과정에서 맞을 때 겁을 먹은 한 아이는 엉덩이를 뒤틀었다. 교실에 있던 모두는 순간 뚝, 하는 이상한 파열음을 들었다. 맞던 한 아이의 허리 위로 매가 갔는데 척

추의 마디 하나가 부서진 것이었다. 아이는 곧바로 병원으로 실려 갔고 더 이상 하반신을 쓰지 못한다는 선고를 받았다.

교육청에서 징계위원회가 열렸다. 박 선생은 그간 학업 성적을 향상했다는 노고가 참작돼 경징계를 받았다. (지금은 상상할 수 없는 일이지만 그때는 그런 시절이었다.) 3개월이 지난 뒤 징계가 풀려 선생님은 다시 학교로 돌아왔고 이번엔 다른 학년을 맡았지만 똑같은 방식으로 아이들을 지도했다. 선생님은 한 해를 더 같은 학교에서 근무했고, 그 지역 교육장이 퇴임하던 해 학교를 그만두고 사라졌다.

선생님의 바람대로 몇 년 후에 그 학교 출신 의사도 나오고 법관도 나왔으며 서울대 졸업생도 나왔다. 동문회가 열릴 때마다 선생님에 대한 평가는 극명하게 갈렸다. 한쪽은, 선생님은 공부에 대한 열정을 일깨워 잘 먹고 잘살게 만들어준 분이라고 찬사를 아끼지 않았다. 다른 한쪽은 선생님 때문에 학교생활이 공포의 연속이었고 평생의 상처를 받은 아이가 부지기수이며, 가출하거나 그 과정에서 사고를 당한 아이도 여럿 있다는 점을 들어 아직도 치를 떨었다.

선생님 덕에 잘살게 된 사람이 있다는 것과 삶이 피폐해진 사람들이 있다는 것 모두가 사실이었다. 박 선생에 대한 평가는 결국 개인의 몫이 되었다.

교육에 관한 이야기냐고? 아니다. 나는 이 이야기를 사회 시간에 아이들에게 들려주었다. 학습 주제는 5.16 군사 정변과 박정희 정권 시절의 시대상이었다. 교과서에서는 '경제 발전'과 '인권 탄압', 이 두 가지 키워드로 박정희 정권을 간단히 평가하고 있다. 초등학생들에게는 와닿지 않는 개념들이다. 이런 막연한 개념들로 역사적 판단을 하기는 쉽지 않다.

　　많은 경우, 아이들에게 역사는 자신과는 별개로 존재했던 사건들이며 잔물결 위에 비친 풍경처럼 흐릿하고 막연한 상으로 보인다. 어떤 역사적 판단을 내려야 하는 문제는 아이 수준에서 받아들이고 생각할 수 있는 범위 안에서 전달되어야 한다고 생각한다.

　　그렇다. 박주현 선생님은 가상의 인물이고 지어낸 이야기다. 이니셜은 P. J. H.

나와 배우 공유의 패션 간극에 대한 철학적 고찰

이 글은 드라마 〈도깨비〉가 많은 사람의 마음에 불을 질렀을 때 쓴 것이다. '나와 도깨비가 같은 옷을 입었는데 왜 다른 느낌이 날까'에 대한 치열한 고민의 결과물이다.

먼저 내가 공유의 패션에 어떻게 관심을 갖게 되었는지를 먼저 이야기해야겠다. 아내도 〈도깨비〉에, 더 정확히는 배우 공유에 열광한 대한민국의 여성 중 한 명이었다. 〈도깨비〉를 보고 나면 아내는 이상하게도 먼발치에서 나를 한동안 응시하곤 했다. 내 뒤에 도깨비라도 있는 건지, 내 눈에 안 보이는 걸 아내가 본다는 생각을 하면 조금 섬뜩한 기분이 들곤 했다.

나중에 아내와 내 겨울용 외투를 사러 아웃렛에 갔을 때, 아내의 머릿속을 가득 채우고 있었던 계획이 드러났다. 아내는, 어쩌면 내가, 공유와 비슷한 느낌을 낼 수 있을지도 모르겠다는 생각을 하고 있었던 것이다. 공유의 패션 코드를 조금 차용하기만 한다면 그게 가능할 거라고! (벌써, 설마! 하며 입을 막기엔 이르다. 결코, 일평생, 영원히, 공유를 곁에 둘 수 없다는 사실을 받아들인다는 건 누구에게도 쉬운 일이 아니다.) 아내는 외투를 고르는 내게, 딱 두 가지만 반복해서 말했다. "롱코트! 긴 거!" 그날 내겐 평생 처음으로 무릎까지 오는 긴 겨울 외투가 생겼다.

정작 그 계획의 실행 대상인 나는 사안의 본질을 비교적 정확히 꿰뚫고 있었다. 누군가는 나와 공유가 패션으로 비슷한 맛을 낼 수 있을 거라는 가능성에 대해, '불맛'과 '탄내'의 간극이 존재한다고 일축할지도 모르겠다. 하지만 간극은 더 깊은 곳에 존재했다.

처음엔, '그건 나와 공유의 신체적 특성 차이 때문이 아닐까?' 하고 생각했다. 키는 그럭저럭 비슷했다. 신체적 차이라고 하면, 공유의 머리가 나보다 조금 작고, 다리가 조금 더 길며, 몸에 근육이 조금 더 붙어 있는 정도랄까. 이 문제에 대해 진지하게 생각한 후에 내린 결론은, 그건 두 사람의 신체적 특성 차이로 치부될 문제가 아니라는 것이다. 우리의 패션 간극은, 철학적인 문제를 내포하고 있었다.

내가 밝히려고 하는 '철학적 문제'를 아주 작은 부분에서 증명하게 된다면, 그 작은 부분보다 훨씬 큰 부분들은 더 말할 것이 없게 된다. 더 중요하고 큰 부분으로 확장되어 갈수록 작은 부분에서 증명한 철학적 문제는 더욱 크고 뚜렷한 간극으로 나타날 것이기 때문이다. 그래서 롱코트에 달린 작은 단추 이야기로 시작하려고 한다.

내가 우여곡절 끝에 찾아내 입은 롱코트가 공유의 몸에 두른 것과 모든 점에서 동일하다고 가정해보자. 육안으로 확인할 수 있는 코트의 모든 부분은 똑같다. (내가 마침 운 좋게 쇼핑몰의 설립 10주년 기념행사의 일환으로 그 코트를 35퍼센트 정도 싸게 샀어도, 코트를 구성하고 있는 요소는 변함이 없다.) 마침내 롱코트를 입고, 옆에 선 아내를, '이 사람은 지은탁이다. 김고은이다.'라고 스물다섯 번 정도 속으로 반복해서 외친 다음에 차가운 겨울 공기 속으로 나갔다고 치자.

간극은 작은 데서부터 벌어진다. 롱코트에 달린 단추는 공유와 내 몸에서 다르게 기능한다. 공유가 롱코트를 입고 있을 때 단추는 결코 잠기지 않는다. 낙하하던 새똥도 순식간에 고드름이 되어버리는 기록적인 한파에도 단추는 꿈쩍하지 않는다. 롱코트를 입은 도깨비를 보면서 이렇게 감탄을 내뱉곤 한다.

"저렇게 추운데도 단추를 여미지 않다니! 그럼에도 불구하고 저런 혈색을 유지하려면 대체 어떤 내복을 입어야 하는 거야?"

몇백 년을 변함없이 불사의 존재로 살아온 것을 증명이라도 하듯, 도깨비는 고집스럽다. 실수로라도 단추를 잠그게 된다면 롱코트 사이로 존재감을 과시하고 있던 목폴라 티셔츠가 격분하여 그 목을 조르기라도 할 것처럼 말이다. 공유의 단추는 '그 자체'로 존재한다. 중국 OEM 공장의 직원이 달아줄 때 부여한 애초의 목적과 상관없이 미적 장치로만 기능하면서 말이다.

반면 내가 롱코트를 입고 있을 때, 단추는 쉴 새 없이 코트의 앞섶을 통과해서 들어갔다 나오길 반복한다. 바람에 취약한 나의 피부를 보호하기 위해 단추는 세풍에도 어김없이 잠긴다. 입고 있는 스웨터가 구리다는 이유로, 바지 지퍼가 예기치 않게 잠기지 않을 때도, 내 롱코트의 단추는 분주하게 일한다. 그저 존재할 뿐인 도깨비의 단추와는 다르다. 애초에 부여된 목적에 부합하는 일을 하고 있는 것이다.

이 지점에서 나와 공유의 패션 사이엔 철학적 간극이 발생한다. 내 코트의 단추는 '목적'을 갖고 존재하고, 공유의 단추는 '실존'으로 존재한다는 점이다. 오랫동안 서구 사회에서 존재론은 기독교의 영향을 받아, '인간은 목적을 갖고 존재한다'는 거였다. 데카르트의 '실존'이 등장하기 전까지 말이다.

나의 패션이 공유의 그것과 같아질 수 없는 이유가 바로 여기에 있다. 나의 옷은 작은 단추 하나부터 목적론적으로 존재한다. 공유의 옷은 실존 그 자체다. 아무런 기능도, 목적도 필요치 않다. 내가 공유다, 하는 존재감을 드러내는 걸로 충분하다. 이처럼 나와 공유의 패션 사이엔 '철학적인 간극'이 있다. 작은 단추 하나에서부터.

쉽지 않은 일이었지만, 나와 공유의 패션 사이의 간극을 증명한 것이 기쁘다.

(도깨비 단추의 '실존'을 가능케 하는, 발열의 비밀을 푸는 과제가 남아 있다. 그것은 추후 별개의 철학적 과제로 다루어져야 할 것이다.)

본고에 붙여―저처럼 어렵게 패션의 틀을 깨고 나와서 도깨비가 되고자 했지만, 거울 속에서 엄청난 간극을 목격하고 좌절했던 분들에게는 이 글이 한 조각의 위로가 되길 바랍니다. 당신의 얼굴이나, 몸이나, 표면으로 드러난 여타의 문제 탓이라고 자책하지 마십시오. 그 간극은 다만 우리와 공유의 옷에 내재하는 '철학적인 간극' 때문일 수 있으니까요.

주의 — 이 문제를 대하는 분마다 견해가 다를 수 있겠지요. 본고의 논지에 대한 진지한 철학적 논의는 환영합니다. 하지만 "너랑 공유가 다른 이유? 그건 공유니까! 넌 공유가 아니니까!"와 같이, 모든 논의의 여지를 닫아버리는 비난은 삼가주시길 정중히 부탁드립니다. 그리고 공유 씨의 지인이 만약 이 글을 읽게 되더라도, 공유 씨에겐 이 논의를 알리지 말았으면 합니다. 공유 씨가, '어디 이래도 그런 말을 할 거냐'며 롱코트의 단추를 잠그기 시작하면, 많은 이에게 실망감을 줄지도 모르기 때문입니다. (그땐 저와 공유 씨의 좁혀진 간극에, 아내는 힘을 낼지도 모르겠지만 말이죠.)

나의 합리적인 소비 생활

지난해 11월 말, 가성비 좋은 운동복 상·하의 세트를 구입했다. 우연히 인터넷 광고에서 본 것인데, 디자인도 괜찮고 안감에 기모 처리가 되어 있어서 한겨울에 편하게 입기 좋겠다 싶었다.

유명 브랜드인데 가격은 3만 원대. 옷을 구입할 때 고려하는 모든 조건을 충족하는 이 운동복을 구입하는 과정은 순탄치 않았다. 역시나 매진 행진.

상의와 하의를 따로 팔거나 비싼 가격에 판매하는 사이트에만 겨우 물건이 남아 있었다. 비싼 가격에 산다면 의미가 없을뿐더러, 쇼핑의 기쁨도 반감될 것이었다. 어쩌다 싸게 파는 사이트를 겨우 발견했는데, 아동용으로 나온 옷이었다. 역시 좋은 물건을 판단하는 사람 마음은 같다는 걸 실감했다.

이런 어려움에 처했을 땐 고수에게 도움을 요청해야 한다.

안방에서 둘째를 재우고 있던 아내에게 카톡으로 도움을 구했다. 얼마 지나지 않아서 아내는 거의 최저 가격에 그 옷을 파는 사이트를 찾아냈고, 마침 아내가 할인 쿠폰을 가지고 있는 곳이라 추가 할인까지 받아주었다.

물건은 일찍 도착했다. 합리적인 소비의 결과물. 그 포장을 뜯는 순간, 내 마음은 만족감으로 벅차올랐다. '#유명 브랜드', '#3만 원대', '#상하의 세트', '#기모 안감'. 이런 태그들이 떠올랐다.

옷은 잘 맞았고, 색상도 화면에서 본 그대로였다. 얼른 학교에 입고 가야지. 슬슬 날씨도 차가워지고, 체육할 때 입으면 딱이겠어.

학교 급식 시간이었다. 밥을 다 먹고 잔반통으로 걸어갈 때였다. 내 앞쪽에서 3학년 아이 하나가 역시나 다 비운 식판을 들고 일어섰다. 아이의 옷이 어딘지 낯익었다. 바로 내가 샀던 운동복이었다. 뭐, 그럴 수 있지, 하며 식판을 두고 급수대로 향하는데, 이번엔 또 다른 두 아이가 그 옷을 입고 있었다. 3학년인 두 아이는 같은 운동복을 입고 어깨동무를 하며 우정을 뽐내고 있었다.

인기가 있는 옷이군, 하며 계단을 오르고 있었다. 이번엔 2학년 교실 앞에서 그 옷을 입은 아이를 발견했다. 게다가 여학생이었고 심지어 잘 어울리기까지 했다. 그 옷이 남자 옷이라는 선입견을 가진 내가 부끄러워지는 순간이었다.

내가 산 옷을 입은 어린이 네 명을 만나고 교실에 왔을 때, 한숨이 났다. 허탈과 안도가 모두 담긴 한숨이었다. 안도감이 든 이유는 그날 그 옷을 입고 오지 못했기 때문이다. 원래는 그렇게 할 생각이었다. 출근 준비가 늦어져서 그냥 학교에 둔 운동복을 입기로 한 거였다. 확신할 수 있는 것은, 앞으로 누구도 내가 그 옷을 학교에서 입은 모습을 못 볼 거라는 사실이다.

얼마 전에도 그 옷을 입은 아이들을 어렵지 않게 볼 수 있었다. 같은 옷을 입고 우정을 뽐내는 아이 둘에게 다가갔다.

"이야, 옷이 정말 멋지구나. 엄마가 사주셨나 보네."

"아니요. 이거 우리 태권도장에서 단체복으로 산 거예요."

역시나 그런 거였다. 태권도장 단체복이라니. 못해도 서른 명은 갖고 있겠구나. 그중 10퍼센트씩만 입고 온다 해도 난 그 옷을 입은 아이를 매일 세 명 이상 볼 수 있다는 계산이 선다.

난 똑같은 교복이나 유니폼을 입었을 때 사람들이 느끼지 않는 부끄러움을, 우연히 같은 옷을 입고 마주친 사람들은 왜 느끼는 걸까를 생각했다.

유니폼은 통일성에 의미와 목적을 두는 옷이다. '유니폼(uniform)'의 뜻도 '균일한', '통일된', 대충 이런 뜻이다. 애초에 그 옷의 범주 안에선 개별성을 묻어두겠다는 의미다. 최소한 입은 옷으로 사람들끼리 비교되는 일은 없고 소속감은 극대화된다.

우연히 같은 옷을 입고 마주친 경우는 유니폼을 입고 만날 때와 상황이 완전히 다르다. 전자에 깔린 전제와 목적이 후자와는 전혀 다르기 때문이다. 각자 입은 옷은 개별성, 독특함을 추구한다. 같은 옷을 입으면, 옷을 입은 사람들끼리 정면으로 비교되는 상황에 직면한다. 같은 옷, 다른 느낌. 애초에 목적으로 삼은 독특함을 옷에서 찾을 수 없어서 사람이 비교 대상이 되는 것이다. 사람들 대부분은 직접 비교당하는 상황을 유쾌하게 받아들이지 않는다. 부끄러움은 거기서 비롯되는 것이 아닐까.

스무 살 때 엄마가 사준 버버리 남방을 입고 한 모임에 참석하기 위해 시내 중심가로 나갔다. 한 거리를 지나는데 똑같은 옷을 입은 사람을 여섯 명이나 마주쳤다. 지금 생각해도 믿기지 않는 충격적인 일이었다. 그 충격의 클라이맥스는 비를 피하듯 급히 찾아든 모임 장소에서 일어났다. 모임 장소였던 카페의 테이블보가 남방의 무늬와 똑같았던 것이다. 난 테이블보와 정면으로 비교되는 상황에 직면했다. 모임 내내 내 얼굴은 상기되어 있었고 등줄기엔 식은땀이 흘렀다. 모임에서 그 누구도 내 남방과 테이블보와의 상관관계를 말하지 않았지만, 모든 이가 마음속으로는 테이블보 옆에 엎드린 내 등 위로 커피나 주스 따위를 올려놓고 나와 테이블을 비교하고 있는 것처럼 느껴졌다.

엄마가 사준 버버리 남방(더 정확히는 제조사 불명인 버버리 무늬를 가진 남방)은 그날 이후 옷장 깊은 곳으로 유폐되어 더는 만날 수 없었지만, 그날의 기억은 그 후로도 간간이 떠올라 등줄기에서 식은땀을 짜내곤 했다.

합리적인 소비의 끝이 늘 해피엔딩은 아니라고 결론지으려고 했지만, 그 쇼핑 덕에 이 글 한 편이 남았으니 비극적인 결말은 아닌 셈이다.

한겨울에 전천후 활약을 예상했던 운동복은 동네 마실용으로 전락했다. 그마저도 우리 동네 태권도장을 주시한 후에 입을지 말지 결정할 일이다. 우리 동네 태권도장에서도 이 옷을 선택했다면 입는 데 '용기'라는 덕목이 필요할지도 모른다. 용기까지 내면서 평범한 운동복을 입어야 할지는 의문이지만.

첫인상을 믿지 마세요

한 학급을 맡아 아이들을 만나다 보면, 빈자리가 유독 크게 느껴지는 아이가 있다. 몇 년 전 만났던 희진이가 그런 아이였다. 희진이는 많은 선생님에게 위압감을 주는 아이였다. 초등학교 4학년인데 벌써 키가 165센티미터를 넘었으니, 웬만한 여선생님들보다 컸다. 3학년 때 우리 학교로 전학을 왔다는데, 그때 벌써 키가 160센티미터를 넘는 열 살 아이였으니 처음 만난 담임 선생님은 엄마에게 조심스럽게 물어보았다고 한다. 혹시, 어떤 사정 때문에 학교를 쉰 적 있냐고. 쉽게 말해, 복학생이냐고 물어본 거다. 희진이는 남들과 똑같은 나이에 입학했고, 학교를 한 번도 쉰 적 없다. 큰 키와 덩치 때문에 어딜 가든 늘 눈에 띄는 아이였다.

새 학기 첫날 교실에 들어왔을 때, 다른 아이들보다 머리 하나는 더 큰 희진이가 앉아 있는 걸 보고, 순간 학부모가 잠시 들어와 앉아 있나 했다. 희진이에겐 미안한 얘기지만, 큰 키 때문에 나도 모르게 살짝 경계하는 마음이 들었다. 희진이는 질문이 많은 아이였다. 그리고 자신의 생각을 솔직하게 말하는 아이였다. 새 선생님 앞에서 긴장할 만도 한데, 희진이는 첫날부터 내가 하는 말들에 자신의 의사를 주저하지 않고 표현했고, 학급 규칙에 대해 이야기할 때는 불만을 표시하기도 했다.

솔직히 첫인상이 별로였다. 난 큰 키처럼 희진이의 마음도 4학년을 벗어나 저만치 앞서 걷고 있다고 판단했다. 그렇다면 너에겐 6학년 학생에게 어울리는 규율이 필요하겠구나, 라고 마음먹고 희진이가 불만을 표시할 때면, "나 6학년만 수년째 맡은 선생님이야, 호락호락하지 않다고!"라는 메시지를 전달하려고 했다.

만난 지 1주일째, 난 희진이에 대한 첫인상이 잘못된 것임을 인정하지 않을 수 없었다. 처음엔 희진이가 툭툭 내뱉는 말들이 거슬렸지만, 그 속에 어떤 악의도 없음을 알게 되었다. 희진이는 자신의 마음을 꾸미지 않고 툭툭 내뱉었다. 그러다가 말실수라도 하게 되면, 스스로가 부끄러워서 빨개진 얼굴로 멋쩍은 웃음을 짓곤 했다.

희진이에 대해 느끼는 마음은 반 아이들도 나와 크게 다르지 않은 것 같았다. 처음에 아이들은 외모에서 풍기는 위압감 때문에 희진이에게 다가가기 어려워했다. 하지만 희진이가 의외로 털털하고, 잔소리처럼 들리는 말들로 은근히 친구들을 챙긴다는 걸 깨달은 후부턴 희진이를 아주 편하게 대했다.

희진이는 다른 아이들에게 잔소리를 잘했다. 너 왜 이러느냐, 넌 그렇게 하면 안 되지 않느냐, 같은 말들을 남학생, 여학생에게 가리지 않고 했다. 그런데 그 말은 나무라거나, 비난하는 의도를 담고 있지 않았다. 그냥 눈에 보이는 대로 하는 말이었다. 희진이가 다른 아이들에게 잔소리하는 모습을 보면, 웃음이 났다. 그 말투와 모습이 꼭 보통의 엄마들을 연상시켰기 때문이다.

시간이 지나면서 아이들은 희진이의 잔소리를 일상적으로 받아들였다. 어떤 아이들은 그 잔소리를 자신을 향한 관심으로 느끼기도 했을 것이다. 희진이는 아이들 사이에서 대모(大母)의 이미지가 되어갔다. 아이들은 희진이의 실수에 깔깔댔고, 희진이가 뭔가를 잘할 때는 엄지손가락을 들어 보이며 치켜세워 주었다. 희진이는 남녀 할 것 없이 친근감을 느끼는 아이가 되었다.

3월 말쯤에 체력 검사를 했다. 달리기 평가에서, 희진이는 누구도 넘볼 수 없는 1등이었다. 학년 전체에서도 희진이가 가장 빨랐다. 그도 그럴 것이, 신체적으론 중학생에 가까웠기 때문이다. 희진이가 날렵하거나 발이 빠르진 않았지만, 4학년 아이 누구도 희진이의 다리 길이를 넘어설 수 없었다.

마침 교육감배 육상대회가 다가오고 있었다. 4학년도 80미터 종목에 출전할 수 있었다. 난 희진이에게 여러모로 좋은 경험이 될 것 같아서 대회 출전을 권유했다. 희진이는 싫다고 했다. 이전 학교에서 달리기 대표가 된 적이 있는데, 사람들이 자기를 보고, "쟤 왜 저렇게 커?"라고 웅성거렸다는 것이다. 물론 그 말을 직접 들었는지, 본인이 그렇게 느꼈는지는 분명 치 않다.

"그래? 그런 적이 있었어? 속상했겠네. 그렇게 말하는 사람 들이 나쁜 거야. 선생님이 보기엔 너한테 좋은 경험이 될 것 같거든. 지금 실력이면 학교 대표가 될 텐데. 대표가 돼서 다 른 학교 애들하고 겨루어보면 신날 것 같지 않아?"

"신나지 않을 것 같아요."

"야, 너처럼 훌륭한 신체 조건을 가진 사람이 많지 않은데, 이런 기회를 놓치면 아깝지 않겠어?"

"아깝지 않을 것 같아요."

희진이의 마음은 확고해 보였다. 그때 받은 상처가 얼마나 크면 이럴까, 싶었다. 하지만 나의 마지막 제안에 희진이는……

"희진아, 네가 달리기 대표로 나가면, 선생님이 스티커 50개 줄게."

"네? 정말이에요? 거짓말 아니죠? 네, 할게요! 야호, 신난다!"

이런 거였어. 그럼, 이게 열한 살이지! 희진이는 메달을 따는 것보다 내게 받는 스티커 약속에 더 기뻐했다. 희진이는 벌써 메달을 딴 듯 펄쩍펄쩍 뛰면서 좋아했다. 그러다가 갑자기 사뭇 진지한 표정으로 바뀌더니 내게 물었다.

"선생님, 제가 상 받으면 뭘 해주실 거예요?"

"음, 스티커 50개 더 줄게. 50개에 50개 더해서 100개! 콜?"

"콜! 진짜죠? 무르기 없기에요!"

그때부터 희진이는 육상부에 합류해서 아침마다 운동장에서 달리기 연습을 하고 들어왔다. 희진이는 나와 마주칠 때마다 내 눈을 뚫어져라 쳐다보면서 협상 조건을 재확인했다. 선생님, 잊지 않으셨죠? 스티커예요. 흐흐. 그래, 그래. 그건 걱정 말고 열심히 연습이나 해.

대회가 있던 날, 담당 선생님과 육상부 아이들은 아침 일찍 대회 장소로 이동하고, 난 시합 시간에 맞춰 경기장으로 갔다. 마침 희진이가 참가하는 시합 직전이었다. 희진이는 예선을 조 2위로 통과했다. 다음 경기는 4개 조가 경기를 펼치는 본선이었다. 역시 희진이는 멀리서도 알아볼 수 있었다. 스타트 라인에 같이 선 다른 아이들은 꼬맹이들로 보였다. 출발 신호가 울리고, 일제히 달려나갔다.

희진이도 맹렬하게 달려나갔다. 출발선에서 5미터 정도 나갔을 때, 순간적으로 몸의 무게를 이기지 못한 듯, 희진이의 몸이 한 번 휘청했다. 희진이는 발이 엉키기 직전에 다시 자세를 잡고 달렸다. 여덟 명 중에 세 번째로 들어왔다. 준결승 진출 여부는 기록을 비교해서 정해지기에 기다렸는데, 희진이는 아쉽게도 순위 안에 들지 못했다. 희진이의 도전은 그걸로 마무리되었다.

시합이 끝난 희진이가 멀리서 날 보더니 커다란 팔다리를 흔들며 나를 향해 뛰어왔다. 난 희진이가 실망하진 않았을까 걱정이 되었다. 무슨 말로 위로할까를 생각하며 희진이를 보았는데, 희진이의 표정엔 기쁨이 넘쳤다.

"선생님! 저 가을에도 또 나갈래요!"

"어?"

"선생님, 여기 간식 진짜 많아요. 소풍 온 거 같아요. 이제 경기 끝났으니까 더 실컷 먹을 수 있어요."

"어, 어, 그래. 육상부 선생님이 간식 많이 준비해온 모양이네. 달리기는 어땠어? 할 만했어?"

"하하. 처음에 제 옆에 선 애가 절 보고 엄청 기죽은 표정을 짓더라고요. 근데 걔가 저보다 더 빨랐어요. 키도 작은데 진짜 빨라요."

"다음에도 또 하고 싶어?"

"네! 또 오고 싶어요."

그 말을 하고 나서 갑자기 희진이는 실눈을 뜨고 내 눈을 응시했다.

"그리고 선생님, 잊지 않으셨죠?"

"그래, 그럼. 잊고 싶어도 네가 잊을 수 없게 만들었잖아. 100개 줄게, 100개!"

"와~ 진짜요? 하하하."

희진이는 누가 뭐래도, 가장 열한 살다운 아이다. 우리 반에서 엉뚱한 말과 엄마를 연상시키는 행동으로 자주 웃음을 안겨줬던 희진이가 6월에 전학을 갔다. 우리는 희진이와의 이별을 다들 아쉬워했다. 희진이는 가는 순간까지도 씩씩하게, 아이들에게 잔소리를 한바탕 늘어놓고 떠났다. 그 잔소리들이 우리 마음에 박혀서 진동했다.

다음 해 2월 겨울방학이 끝나고 개학하던 날, 우리 반에 새로운 학생 하나가 전학을 왔다는 교무실의 연락을 받았다. 아이들에게 그 사실을 알리자, 한 남학생이 말한다. 희진이 아냐? 희진이가 다시 온 거 아닐까? 다들 깔깔거리고 웃는다. 나도 웃음이 터졌다. 학기가 끝나갈 무렵까지도, 우리 마음에는 희진이가 남아 있었다.

주말이면 동생들을 돌본다던 희진이, 동생들이 물건을 정리 안 한다며 내 앞에서 잔소리를 해대던 아이, 내가 실수라도 하면, 정신을 똑바로 차리셔야죠, 선생님! 하면서 내게도 잔소리를 하던 희진이의 웃음소리가 문득 그립다. 놀러와, 희진아. 스티커 100개 줄게.

그녀는 내게 맑다고 말했다

　20대 초, 입대를 앞두고 휴학 중일 때 시립도서관을 뻔질나게 드나들었다. 우연히 만난 지인들은 나와 만나기만 하면, 과제 있어? 라든가, 자격증 공부해? 라고 묻곤 했다. 그들은 내가 그곳에 있는 동기를 거의 이 두 가지 질문으로 가늠하려고 했다. 그들의 생각처럼 그렇게 중요한 일을 하려고 도서관에 드나들었던 건 아니었다. 읽기와 쓰기가 도서관에서 내가 하는 일의 전부였다. 읽고 쓰다가 배가 고프면 매점에 가서 뭘 사 먹고, 답답하면 서가 사이를 거닐면서 책등을 훑어보며 시간을 보냈다. 살면서 제일 한가한 시기 중 한때가 아니었나 싶다.

　그날은 점심때를 조금 넘긴 시간에 도서관 매점으로 내려갔다. 컵라면에 물을 부어놓고 앉아서 매점 한구석 TV에서 나오던 뉴스를 멍하니 보고 있었다. 그때 그녀가 나타났다.

168

하늘에서 내려온 사람처럼.

그녀는 입가에 미소를 머금고, 내 눈을 깊이 들여다보면서 말했다.

"눈을 보니 참 맑아요. 그런 얘기 많이 안 들어봤어요?"

참 예쁜 누나였다. 아직 익지도 않은 컵라면을 포기하고 마주 앉고 싶을 만큼 단아한 사람이었다. 그녀는 내게 '맑음'이라는 평가를 건네고는 이렇게 덧붙였다.

"혹시 도(道)에 대해 들어보셨어요?"

난 속으로 외쳤다. 네, 여러 번 들어봤지만, 또 들어보고 싶어요! 하고. 무료함을 느끼던 터에 예쁜 누나와의 대화 시간은 환영할 만한 일이었다.

사실 난 다른 믿음을 가지고 있기 때문에, 내가 그녀의 '도'로 설득당해서 넘어가는 건 일어나지 않을 일이었다. 그전에도 이미 도에 대해서는 몇 번 들어본 적이 있었고, 2인 1조로 돌아다니던 도인들과 한 시간 넘게 대화한 적도 있었다. (그때도 한가하기 그지없었던 때였다.) 다만 그녀가 어떤 사람이고, 어떤 생각으로 도를 따르기로 했는지 알아보고 싶었다.

내가 멋쩍은 미소를 짓고 있자, 그녀는 내가 대화를 하고 싶다는 뜻으로 받아들였는지, 자기가 가지고 있던 손가방을 내 맞은편에 놓았다.

"라면 드세요."

그 말을 남기고 그녀는 매점 밖으로 걸어 나갔다. 그녀는 직접적으로 표현하진 않았지만, 라면을 다 먹으면 다시 돌아올 테니 얼른 라면을 목구멍에 쑤셔 넣으라는 말을 하는 것이 분명했다. 난 라면 뚜껑을 열고 먹기 시작했다. 아직 바삭거리는 면은 과자를 먹는 느낌이었지만, 그녀가 돌아올 때까지 질질 끌 순 없었다. 낯선 이에게 그런 추잡스러운 모습을 보일 순 없었다. 라면 국물까지 처리하고 자리에 앉자마자, 그녀는 CCTV로 관찰하고 있었던 것처럼 정확한 타이밍에 다시 나타났다. 우리는 자연스럽게 대화를 시작했다.

그녀가 천지개벽에 대한 이야기를 꺼낼 때, 난 그녀가 어디서 살았으며 어떤 계기로 도를 따르게 되었는지 물었다. 그녀는, 질문은 내가 해야 하는데, 라고 말끝을 흐리며 자신의 이야기를 들려주었다. 그녀가 모든 사람은 조상을 위해 지성을 드려야 한다는 얘길 할 때, 난 고향을 떠나 모든 관계를 단절하고 이렇게 생활하는 것이 힘들지 않은지를 물었다. 그때도 그녀는, 질문은 내가 해야 하는데, 라고 말하며 자신의 고충을 이야기했다. 얘기 끝엔, 힘들어도 자신이 선택한 길은 가치 있다고 역설했다.

처음에 생기 있어 보였던 그녀는, 길을 잘못 든 작고 연약한 카나리아 같았다. 그녀가 측은하게 느껴졌다. 다시 부모님이 있는 곳으로, 친구들이 있는 곳으로 돌아가는 게 좋을 것 같다는 얘길 해주었다. 별다른 대답이 없었다. 다만, 커피를 마시고 싶다고 했다. 그녀는 수중에 돈이 없으며, 도를 전하는 대상이 사주는 걸 먹는다고 했다. 더 좋은 커피를 사주고 싶었지만, 자판기 커피밖에 없는 도서관 매점이라 그나마 가장 비싼 350원짜리 카페라테를 뽑아주었다.

그녀는 이미 자신의 목적을 이룰 수 없음을 깨달았다. 나를 포섭할 수 없음을 말이다. 하지만 그녀는 다시 한번 그 말을 했다.

"영혼이 참 맑아요."

난 그게 보여요? 하고 대꾸했다. 그러자 그녀는 그냥 웃기만 했다. 그녀는 내게 더는 도를 말하려 하지 않았고, 이제 가야 한다며 자리에서 일어났다. 그녀가 들려준 얘기 중에 내가 묻지 않는 말은, 영혼이 맑다는 얘기가 전부였다.

내가 맑다는 말을 처음 들은 데엔 그만한 이유가 있다. 아무리 거울을 닦고 쳐다봐도, 내 눈은 그리 맑아 보이지 않는다. 내 영혼도 글쎄. 그녀가 아닌 다른 사람이 내게 맑다는 말을 다시 한다면 난 전투태세를 취하며 이렇게 일갈할 것이다.

"넌 내게 모욕감을 줬어!"

라면 먹기를 기다려줬던 예쁜 누나는 만나는 모든 사람에게 영혼이 맑다고 말해 왔을지도 모른다. 어쩌면, 그녀에게 '도'라는 것은, 자신이 보는 모든 사람을 부정적인 마음이나 의심 없이 맑은 대상으로 여기는 것일지도 모르겠다. 그 '도'를 위해서 자기 마음의 눈을 날마다 닦고 있는 것일지도.

그녀가 거리를 헤맸던 시간이 길지 않았길 바란다. 어느 곳에 있든지 맑은 눈의 그녀가 추구하던 진짜 도를 이루었길 바란다.

두 남자의 어느 저녁

연초에 곧 한번 만나자고 했던 지인을 넉 달이 지나서야 만났다. 장소는 막창 무한 리필 식당이었다. 만나기 전날, 극적으로 다음 날 저녁에 시간이 된다는 걸 알게 된 나는, 그를 떠올렸다. 만남의 약속이 부도 수표가 되어 쓰레기통으로 들어가기 직전이었다. 난 바로 카톡을 보냈다. "내일 저녁 시간 괜찮으면 밥 함 묵자. 막창 좋아해? ○○동 ○○막창집에서 보는 거 어때?" 난 다음 날 아침 잠에서 깨어나 좋다는 답을 확인했다.

비가 오다 말다 해서 공기는 꿉꿉했고, 하늘은 잿빛이었다. 5시 반, 막창집에 들어서니 벌써 반 정도 채워진 좌석들 사이로 그가 보였다. 그는 나를 발견하곤 세상 처연한 모습으로, 손을 들어 인사를 건넸다. 우리는 악수를 나누고 막창을 구웠다.

"날 잊은 줄 알았어요." 그가 말했다. 몇 달 전, 그는 사귀던 여자와 헤어졌다. 결혼 얘기까지 오가던 사이였는데, 뜻하지 않은 일로 이별을 통보받았다. 그는 두세 달간 혼돈 속을 헤맸다고 한다. 이별 직후, 그가 내게 한번 보자고 연락한 것이다. 형이라면, 이 상황에서 적절한 말을 해줄 수 있을 거 같다며.

그래, 다음 주쯤 보자, 하고 약속한 후, 내게도 몇 달 동안 정신을 차릴 수 없는 일이 생겼다. 아버지의 교통사고. 허벅지 골절로 거동을 못하는 데다, 수술을 앞둔 노인들이 잘 걸린다는 섬망증이 평생 마신 술 때문에 잔뜩 약해진 뇌를 파고들었다. 정신 줄을 놓은 아버지가 병원에서 난동을 부리면 밤이고 낮이고 병원으로 달려가야 했다. 결국 아버진 몇 달간 정신병동에서 입원 치료를 받은 후에야 상태가 겨우 호전되었다. 내게도, 아버지에게도 악몽 같았던 몇 달을 압축해서 털어놓았다.

우리의 이야기는 마치 지난 몇 달간 세상의 오지에 다녀온 경험담 같았다. 작은 천 쪼가리로 중요 부위만 아슬아슬하게 가리고 비바람 부는 들판을 통과한 이야기, 생각지도 못한 곳에서 괴수를 만나 온몸에 타박상을 입고 도망친 이야기, 비를 피하려고 들어간 어두운 동굴 속에서 웅크리고 앉아 콧물을 흘리며 운 이야기. 이제는 겨우 오지를 좀 벗어나, 그때 무슨 일이 있었던 거지? 하고 지난날을 복기하는 시점이었다.

내가 그에게 해준 말은 대체로 이런 뻔한 말들이었다. "그때 내가 이렇게 하지 않았다면, 일이 틀어지지 않았을 거라 생각하면 너무 괴롭지. 그렇게 생각하지 마. 인연이 아니었던 거야. 인연이 되려면 처음에 안 될 거 같아도 일이 술술 풀리거든." 그리고 내 손으론 이런 말들을 해주고 있었다. "지금 이 앞에 막창이 있잖아. 찍어 먹을 카레 가루와 양념장도 있고 말이야. 무한 리필이야. 먹고 죽자고."

그는 요가를 배우고 있다고 했다. 어디에도 마음을 쏟을 수 없었다고 한다. 난 글을 쓰고 책을 읽는 일을 대피소 삼아, 찢긴 일상을 한 땀 한 땀 기워나갈 수 있는 것이 다행이라 생각했다. 남들이 퀼트로 보든, 누더기로 보든 간에.

이곳 막창집은 고딩들의 성지나 다름없었다. 그들의 채워지지 않는 허기를 감당할 수 있는 몇 안 되는 곳이었다. 6시 반을 넘어가면서 이미 좌석이 꽉 찼고, 나보다 덩치 큰 고등학생 여럿이 가게 입구에서 안쪽을 기웃거리며 대기하고 있었다. 우리는 카페로 자리를 옮기기로 했다.

"차는 어디 댔어?"

"안 가져왔어요, 술 마실지도 몰라서."

"(그럴 일은 없을 거야.)"

내 차를 타고 카페가 모여 있는 거리로 이동했다. 그는 커피는 자기가 사겠다고, 커피를 잘하는 집을 안다며 날 이끌었다. 그곳은 경력이 화려한 바리스타가 운영하는 카페로, 소문난 커피 맛집이었다. 웬만한 메뉴가 프랜차이즈 대형 커피숍보다 비쌌지만, 빈자리는 몇 군데 없었다.

"이곳은 커피를 정말 잘해요. 뭐 마실래요?"

그가 물었다.

"난 밀크티. 커피를 잘 안 마셔."

"아, 그랬죠. 참, 여긴 커피가 유명한데. 저도 지금 커피 마시면 잠이 안 올 거 같아요."

결국 우린 커피를 제일 잘하는 커피 가게에서 둘 다 다른 차를 주문했다.

"글을 써 보는 건 어때? 책을 읽는 건? 좋아하는 뭔가를 하면서 자기 존재를 확인하는 건 중요하다더라. 처칠도 그랬다지. 전쟁의 소용돌이 속에서 스트레스가 극에 다다르면, 조용히 들어가서 그림을 그렸대. 그러면서 자기 존재를 다시 확인했던 거지."

"글이 눈에 들어오지 않아요. 집에 그림이 가득한 책만 늘어가요. 드로잉은 좀 해요. 문화센터에서 배웠어요."

"드로잉 좋다. 나도 배우고 싶다. 어느 문화센터……"

이렇게 저렇게 사는 이야기가 이어졌다. 웃고 한숨 쉬고 유대감을 쌓았다. 나누는 얘기들이 지극히 개인적이고, 시시껄렁하다는 사실은 증명한다. 우리의 관계가 세계 평화를 함께 고민하는 사이보다 더 깊고 돈독하다는 걸.

난 우리의 저녁 만남을 마무리할 마지막 코스를 제안했다. 중고 서점에 가자. (우리에게 생긴 균열들을 메울 이야기들이 거기 있어.) 그는 흔쾌히 동의했다.

내가 스티븐 킹의 소설과 좋아하는 저자들의 산문집을 찾아 나선 동안, 그는 한 곳에 꽤 오래 서서 드로잉 북을 펼쳐보고 있었다. 내가 이 서가 저 서가를 왔다 갔다 할 동안에도 같은 곳에서 비슷한 자세로 그림을 살펴보고 있었다.

에세이 서가에서 내가 좋아하는 책, 고레에다 히로카즈 감독의 《걷는 듯 천천히》(이영희 옮김, 문학동네, 2015)를 발견하고 이 책을 그에게 선물할까, 하는 생각을 잠시 했지만 그러지 않기로 했다. 그는 한동안 요가를 하고, 드로잉을 하면서 나름의 방식으로 그가 느꼈던 슬픔을 치유해나갈 것이다.

우린 서점을 나왔다. 그가 말했다.

"중고 서점에 와서 책 보는 사람들은 착한 사람들일 거 같아요."

"(보시다시피.)"

중고 서점을 드나들며 행복해하는 사람은 어떤 부류의 사람들인 걸까. 굳이 새것이 아니어도 된다고 생각하는, 마음이 조금은 헐렁한 사람. 어쩌면 (생전 읽지 않을지도 모르는) 중고 책을 사면서 돈을 아꼈다고 착각하고, 책을 책장에 꽂으면서 나의 인문학적·지적 역량에 양분을 공급했다고 착각하고, 시간이 빌 때 언제든 갈 곳이 있다고 '착한 착각'을 하는 사람들이 아닐까. 그래, 착한 사람들이다. 다른 사람을 쥐어짜거나 약물을 복용하지 않고도 행복을 누릴 줄 아니까.

9시가 조금 넘어서 그가 사는 동네에 그를 내려주었다. 그가 내리면서 말했다.

"밥 먹고, 차 마시고, 서점에 가고. 뭔가 풍성해진 느낌이에요."

"절대 우울증은 걸리지 마. 그거 안 좋아."

난 웃으며 말했다.

"우울증 안 걸리도록 자주 불러주세요."

"그래, 또 봐."

그의 손끝에서 많은 드로잉 작품이 탄생하길 바란다. 일상에서 신비한 순간들을 포착하며 그의 삶에서 어떤 행복도 거짓말처럼 다시 시작될 수 있다고 착각하길 바란다. 난 그날 산 창의성에 관한 책을 빽빽한 책장에 꽂고는, 좀 더 창의적인 사람이 되었다고 착각하며 그날의 마지막 행복을 챙겨 넣었다.

설거지를 할 땐 준비가 필요하다

난 모처럼 주어진 시간에 노래를 검색해 듣거나, 인터넷에서 손흥민과 류현진의 경기 영상을 보는 일을 즐긴다. 짬이 나면 책을 보거나 글을 써야지, 하는 다짐도 우아한 궤적을 그리며 스트라이크존으로 내다 꽂히는 야구공 앞에서 힘을 잃곤 한다. 유튜브에서 인디밴드의 노래를 검색하는 걸로 시작된 검색질이 꼬리에 꼬리를 물고 이어지기도 한다. 유튜브 영상의 배경은 달콤한 멜로디가 울려 퍼지던 무대에서 초록의 그라운드로, 또 어느새 날 선 말이 오가는 국회 청문회장으로 바뀌기도 한다. 내 시간의 부대는 줄줄 샌다. 이런 걸 보면, 난 생산성을 추구하는 사람이 아니다. 하지만 어떤 일 앞에선 지독하게 생산성을 추구하는 사람이 된다.

우리 집에선 가사 분담이 비교적 확실하다. 부엌에서 이루어지는 일들은 아내가, 빨래나 분리수거 같은 일들은 내가 담당한다. 때때로 설거지를 할 때가 있다. 그럴 때면 난 아내에게 잠시 '타임'을 외치고, 설거지 임무에 투입될 준비를 한다. 설거지하는 동안 들을 팟캐스트 방송을 고르고, 블루투스 이어폰을 귀에 장착하는 것이다.

비상에 걸린 5분 대기조처럼 준비 과정은 신속하게 이루어져야 한다. 그렇지 않으면 등 뒤에서 총탄이 빗발친다.

"설거지를 얼마나 오래 하려고 그래?"

"그거 준비하는 사이에 설거지 반은 끝냈겠다."

"소풍 가니?"

이렇게 설거지를 위한 수트를 장착하고 싱크대 앞에 서면 마음이 든든하다. 아이언맨 수트를 착용한 토니 스타크의 기분이 이런 걸까. 어떤 적도 다 물리칠 수 있을 듯한 자신감이 든다. 기름때든, 찌든 때든, 말라붙은 치즈든, 다 덤벼라. 몇 시간이고 나는 너희와 싸울 수 있다.

생산성을 향한 강한 의지는, 주로 단순노동을 할 때나 책을 읽을 수 없는 환경에서 발현된다. 운전할 때, 설거지할 때, 파나 계란을 사러 마트에 갈 때 등 일상에서 '어쩔 수 없이' 해야 할 일을 할 때 내가 좋아하는 일에 잠시나마 한 발을 걸쳐두고 싶은 것이다.

'여행은 어디로 가느냐보다 누구와 함께하느냐가 더 중요하다.'는 격언처럼, 비자발적인 과업을 하더라도 정신적으로 기댈 수 있는 대상이 있다면 그 일을 즐겁게 할 수 있다. 실제로 귀에 블루투스 이어폰을 꽂고 팟캐스트 방송만 들을 수 있다면, 2시간쯤 연속으로 설거지를 해도 즐길 수 있게 된다.

어쩌면 '일을 즐겁게 할 수 있다'는 말은 적합한 말이 아닐 수 있다. 엄밀히 말해서, 이어폰을 끼고 싱크대 앞에 설 때, 난 일을 하는 상태에서 벗어난다. 손은 접시를 닦고 있지만, 내 정신은 말들이 부유하는 다른 시공간으로 빨려 들어간다. 난 외부 사람은 알지 못하는 세계에서 수많은 말 혹은 멜로디 사이를 떠다니며, 말이 되고 음악이 된다. 읽지 못한 책 사이를 거니는 글이 되거나, 과거의 어떤 순간으로 건너가서 만나고 싶은 사람의 코와 입을 통과하는 공기가 되기도 한다.

나와 달리 설거지를 하거나, 산책할 때 그 일 자체에 집중하려고 하는 사람도 있다. 아무것도 생각하지 않고 뇌를 쉬도록 두는 걸 즐기는 사람 말이다. 그런 분들은 '공(空)의 매혹'에 가까이 다가가는 상태를 경험할 테지만 난 이런 '정신의 진공 상태'를 견디지 못한다. 살면서 딱 한 번, 이별을 경험했던 어느 해, 자발적으로 정신의 진공 상태 속으로 들어간 적이 있다. 뭐라도 손에 쥐고 움직이지 않으면 머릿속으로 끊임없이 일어나는 생각, 추억, 아쉬움, 후회 등의 감정에 질식할 것만 같았다. 그래서 뜨개질을 했다. 목도리를 다섯 개 뜨고 나서야 난 그 질식 상태에서 벗어날 수 있었다.

내게 글쓰기와 독서로 쓸 수 있는 시간이 주어지면, 그 시간을 허물어 의미 없는 유희에 써버리곤 하면서, 글쓰기와 독서를 할 수 없는 시간에 들어서면 그게 그리워 안달복달한다. 소파에 기대 예능 프로그램을 보며 시간을 펑펑 쓰다가, 아내가 쇼핑을 가자고 하면 갑자기 글을 쓰고 책을 읽고 싶은 생각이 간절해지는 것처럼. 설거지처럼, 정신의 진공 상태를 유발하는 과업을 수행할라치면, 짧은 시간이라도 뇌를 쓰기 위해 안간힘을 쓰는 모순이 이어지고 있다.

재밌는 것은 얼마 전 부부동반 모임에서 아내가 내 친구의 아내와 이야기를 나누다가, 나의 설거지 전 행태를 얘기했단다. 그러자 친구의 아내가 자기 남편도 똑같다며 박수를 치며 격하게 공감했단다. 행동하는 습성이 비슷한 걸 보니, 이래서 친한 친구인가보다, 하면서 아내가 깔깔댄다.

난 친구가 부엌으로 입장하기 전에 잠시 '타임'을 외치고 설거지를 준비하는 모습을 상상한다. 이 방 저 방을 분주히 오가면서 이어폰과 핸드폰을 챙기고, 빗발치는 아내의 잔소리

총탄 사이에서 멀뚱히 서서 음악이나 팟캐스트 방송을 검색하는 장면을 말이다. 내가 할 땐 엄숙한 의식 같았는데, 친구의 모습을 상상하자니 웃음이 난다.

난 설거지할 모든 준비를 마치고 싱크대 앞에 선다. 접시를 손에 드는 순간, 다른 세계에 접속되었다는 신호가 반짝인다. 접시를 닦는 남자 하나가 싱크대 앞에서 느리게 움직인다. 하지만, 난 이미 거기 없다.

가오나시의 습격

영화 〈죽은 시인의 사회〉에서 '죽은 시인의 사회' 멤버들은 후드가 달린 코트를 입고 밤마다 학교 기숙사를 나서 비밀 모임에 참여한다. 그들은 학교로 대표되는 틀에서 벗어나 위대한 시인의 시를 읽으며 자신만의 목소리를 찾기 위해 고군분투한다.

겨울철에 등교해서 아침 독서를 하고 있는 아이들을 바라보면 깜짝 놀라곤 한다. 우리 교실에 혹시 '죽은 시인의 사회' 비밀 결사대가 결성된 건 아닐까 하는 생각이 들기 때문이다. 시커먼 롱패딩을 입고 어두운 바위처럼 몸을 웅크린 애들의 모습은 기괴하기 이를 데 없다. 반 이상의 학생이 검은 롱패딩으로 전신을 감싸고 얼굴만 하얗게 드러내고 앉아 있다. 쉬는 시간이 되어 아이들이 움직이기 시작하면, 애니메이션 〈센과 치히로의 행방불명〉에 나온 '가오나시'가 생각난다.

롱패딩을 입은 학생들은 이미 수적으로 우위를 점하고 초
중고 할 것 없이 대한민국의 학교들 대부분을 접수해 버렸다.
이쯤 되면 비밀 결사대로 칭하기엔 무리가 있다. 등굣길엔 초
등학생부터 고등학생까지 가오나시의 행렬이 이어진다. 아이
들의 등굣길을 상공에서 드론으로 촬영한다면 재미있는 장면
이 나올지도 모르겠다. 재작년부터 이어진 롱패딩 열풍은 겨
울철 대한민국 교육 현장의 상징이 되었다고 해도 무방하다.
(롱패딩의 열풍이 이제는 조금 시들해졌다고 해도 아이들이 학교에
올 때만큼은 끈질기게 입는다.)

아이들은 왜 롱패딩을 입을까. 롱패딩을 착용한 우리 반 열
댓 명의 학생에게 물어보니, 이유는 두 가지로 정리되었다.

"롱패딩에는 '나의 모습을 울타리로 감싸고 다른 사람들에
게 함부로 평가받지 않겠다는 저항의 정신'이 담겨있어요. 그
정신에 동참하기 위해서 롱패딩을 입습니다."라고 말한 학생
은 물론 없었다. 그렇게 말했다면 그럴듯한 사회학적 분석으
로 확장할 수 있겠지만, 이는 내가 지어낸 말일 뿐이고 아이
들의 실제 대답은 다음과 같았다.

"다리까지 따뜻해서요."

"다들 입으니까요. 안 입으면 뭔가 뒤떨어지는 것 같은 느

낌을 받아서요."

간혹 이런 대답도 있었다.

"어느 날 엄마가 사 왔어요."

다리까지 따뜻하니까 입었다는 대답은 그냥 하는 말이다. 애초에 '다리까지 따뜻하려고' 롱패딩을 사야 해! 라고 마음먹은 애들은 거의 없을 것이다. 지금은 유행이 지난 검은 바람막이 점퍼가 다리까지 따뜻해서 인기 있었던 게 아니다. 그리고 우리에겐 다리를 보호하기 위한 여러 장치를 이미 갖고 있다. 내복이라든지 말이다. 진실에 가까운 대답은 두 번째 얘기다.

'안 입으면 '뭔가' 뒤떨어지는 것 같다.'

내 생각엔, 이 '뭔가'엔 많은 의미가 함축된 듯하다. 다들 입으니까, 교복처럼 되어 버렸으니까, 안 입으면 뭔가 결핍된 사람처럼 느껴지기 때문이라고 정리할 수 있겠다. 그리고 이 '뭔가'에는 우리가 서로를 보는 시선이 어떠한지도 녹아들어 있다고 생각한다. 우리 사회는 '나만의 것' 하나를 가진 상황보다, 모두가 가진 하나를 갖지 못한 현실에 주목하는 사회임을 방증하는 게 아닐까. 즉 누군가가 가진 독특함보다, 결핍이 없는 상태를 더 높이 쳐준다는 얘기다.

학생들은 롱패딩을 입고선, 혹은 예전에 유행한 바람막이를 입고선 이런 얘길 하고 있는 것이다.

"전 특별히 모자란 게 없어요. 다른 애들이 뒤에서 수군거릴 대상을 찾는다면, 전 빼주겠죠. 봐요, 전 그들과 똑같잖아요."

적어도 아이들 사이에서 인정하는 독특함은, 큰 결핍이 없는 토대 위에 서 있는 것이어야 한다. 아이들은 비슷한 상태, 즉 유행이나 여타의 요소로 결핍이 드러나지 않는 상황을 만드는 일이, 판단의 출발선을 똑같이 만들어놓는 일이라고 생각하는 것 같다. 다른 토대 위에 서 있다고 생각하는 사람에 대해 비논리적인 판단을 쉽게 내린다는 걸 경험해왔기 때문이다. 아이든 어른이든 큰 차이는 없다.

아이: "걔 달리기 정말 잘해."
　　"달리기 잘하면 뭐해. 맨날 똑같은 옷 입고 다니는걸."
어른: "이번에 그분, 의인(義人)상을 받게 됐나 봐요."
　　"상 백날 받으면 뭐해. 자기 집도 없는걸."

아이들의 롱패딩 착용 의도는, 자신만의 목소리를 찾기 위해 기존의 체계를 벗어나고자 했던 죽은 시인들의 수도사 코트와는 상당한 거리감을 띤다. 오히려 가오나시 세계의 일원으로 동참하여 자신의 목소리를 지우고 거대한 흐름에 섞이고자 하는 의도가 더 커 보인다. 남들과 다르게 보이는 걸 결핍이라고 착각하는 한, 새로운 롱패딩과 등골 브레이커의 출현은 계속 이어질 것이다.

재작년, 유행 초기에 나도 무난한 검은색 롱패딩을 하나 장만했다. 나의 롱패딩은 지극히 실용적인 목적으로, 동네에서만 소비되었다. 키 큰 가오나시로 그 세계에 녹아들지 않겠다는 내적인 저항 때문이다. 이 유행의 불꽃이 잦아들 때까지 내 롱패딩은 나의 사적인 영역에서만 모습을 드러낼 것이다.

아이들은 나의 선생님

무서움을 떨쳐낼 수 있는 이유

다섯 살인 딸에게 그림책을 읽어주었다. 주인공 아이가 무서울 때 뭔가를 상상으로 불러낸다는 내용이었다. 이야기는 거인이 잠든 아이를 지켜주는 것으로 끝을 맺었다.

책을 다 읽고 딸에게, "우리 딸은 무서울 때 뭘 부르고 싶니?"라고 물었다. 딸은 너구리를 부르겠다고 답했다. 너구리는 요즘 딸이 좋아하는 팔뚝만 한 인형이다. 난 다시 물었다.

"이 책의 주인공은 자기를 지켜달라고 거인을 불렀는데, 너는 (작은) 너구리를 부를 거야?"

"응. 너구리를 꼭 안을 거야. 호랑이도 불러서 꼭 안을 거야."

호랑이도 팔뚝만 한 인형이다.

난 그림책에서처럼 힘이 센 뭔가를 곁에 두었을 때 무서움을 이겨낼 수 있으리라고 생각했지만, 어쩌면 딸의 생각이 맞을지도 모르겠다. 우리는 힘센 뭔가가 아니라, 우리처럼 작지만 친숙하고 따뜻한 대상을 통해 두려움을 더 잘 이겨낼 수 있는 존재라는 사실 말이다. 거대한 몸집 대신, 서로의 온기로 서로를 지켜주는 것이다. 서로가 얼마나 작고 약한지는 문제 되지 않는다.

혼자였을 때, 세상이 두렵고 한없이 작았던 소녀와 소년은, 자기보다 작은 아기를 안고 온기를 느끼며 이전보다 조금 더 용감해진다. 호위 무사나 몸집이 큰 가드(guard)가 두려움을 없애주지 못한다. 나를 사랑하는 작고 연약한 아이들이 나를 더 강하게 만든다. 그래서 무섭고 막막할 때 세 살, 다섯 살 아이들을 꼭 끌어안는다. 자주 안는다. 신이 거인 대신 아이를 곁에 두신 이유다.

세상은 나를 지켜줄 히어로를 원하고, 온갖 히어로가 극장가를 점령했지만, 실제로 사람들이 무서움을 떨쳐낼 수 있는 이유는 각자 품에 안은 작고 연약한 너구리 때문이다.

아이가 울 때

둘째가 두 살일 때 새벽 5시부터 깨서 '엄마'를 외치며 울었다. 엄마가 안아주고 달래도 울음은 계속되었다. 어디 아픈가? 하고 이마도 짚어보고, 놀고 싶은가? 하고 안고 움직여봐도 울음은 그치지 않았다. 덕분에 가족 모두가 새벽에 깨서 어둠 속에서 눈만 끔뻑이고 있었다.

6시 반이 돼서야 둘째는 울음을 멈추었는데, 손에 딸기 하나를 쥐고서 비로소 평온을 찾은 것이다. 배가 고팠나 봐. 우린 그제야 아이가 울었던 이유를 깨닫곤 희미한 미소를 지었다.

그로부터 불과 1년 전만 해도 아이가 울면 우유부터 먹었다. 두 살이 되자 아이의 욕구는 먹고 싸는 것에서 더 다양한 양상으로 뻗어 나갔고, 그 때문에 우린 아이가 지금 뭘 원하는지에 대해 많은 경우의 수를 생각하지 않을 수 없게 되었다. 그래서일까, 우린 아이의 가장 기본적인 결핍과 욕구를 생각하지 못하고, 그저 어르고 달랬던 것이다.

아이가 클수록 아이의 욕구에 반응하는 부모의 헛발질은 늘어가겠지. 아이는 늘 '먹을 것'과 '사랑'에 배고파한다는 기본적이고 자명한 진리를 잊어선 안 될 테니까. 부모가 그 자명함을 잊은 결과, 불행해지는 아이가 많다.

딸기 두 개를 먹은 아이는 기운을 되찾고 함박웃음을 지으며 미끄럼틀을 타고, 장난감 가오리를 물에 찍어 나한테 시식을 권한다.

그나저나, 아내는 요즘 잊은 것 같다. 내가 늘 '먹을 것'과 '사랑'에 배고파한다는 자명한 사실을 말이다. 나도 새벽에 깨서 막 울까 보다.

아이의 그림 속 남자

지난달 제주도 여행을 다녀오면서 다섯 살 첫째가 비행기에서 그림을 그렸다. 난 그림 속에서 웃고 있는 여자를 가리키며 물었다.

"이거 누구야?"

"엄마야."

딸이 답했다.

난 엄마 옆에 그린 남자를 가리키며 물었다.

"그럼 이건 아빠겠네?"

"아니, 택배 아저씨야."

그림 속의 엄마와 택배 아저씨는 세상에 더 없을 행복한 미소를 짓고 있었다. 난 순간 뜨악한 기분이 들었지만, 어쩌면 그게 진실에 가까울지도 모르겠다는 생각을 했다. 지금 아내를 가장 기쁘게 하는 건 수시로 문을 두드리는 택배라는 사실 말이다. 그런 점에서 그 그림엔 아이의 현실적인 시선이 담겨 있었다.

　아내에게 묻고 싶었지만, 아무 말도 하지 않았다.

　"우리 큰딸이 제대로 본 거야? 나보다 택배냐고?"라고 물으면 시트콤이 되고, "택배 기사가 누구야?"라고 물으면 스릴러가 될 것이기에.

축제가 끝난 도시

'창녕군 부곡면 온천중앙길'로 온 가족이 겨울 여행을 간 적 있다. 예전 같으면 '부곡 하와이' 한마디로 설명이 되는 동네였지만, 2017년 5월 폐업한 이후로 '부곡 하와이'는 더 이상 이 동네를 대표하는 고유명사가 아니다.

이 동네에 들어서면 아직 땅 밑으로 뜨거운 피가 흐르는 것을 보여주기라도 하듯, 맨홀 뚜껑마다 하얀 김이 솟아오르는 광경을 볼 수 있다. 부곡 하와이는 끝이 났지만, 이 땅에서 솟아오르는 섭씨 78도의 온천수는 아직 이 동네를 지탱하는 힘이 되고 있다. 차가 거의 다니지 않는 사거리 도로 한복판의 맨홀 뚜껑에서 하얀 김이 솟아오르는 장면은 묘한 정서를 자아낸다. 이곳의 운명이 아직 끝나지 않았다는 외침 같기도 하고, 깊이 내쉬는 한숨 같기도 하다.

방문객을 맞기 위해 생긴 여러 호텔과 숙박 시설은, 부곡 하와이 없이 자력으로 방문객을 끌어모아야 하는 상황이 되었다. 그 자구책의 일환으로 손님의 특성에 맞게 테마형 객실을 준비했는데, 그때 우리가 묵은 모텔은 이 지역 숙박 시설 중에서도 어린아이가 있는 가족에게 특히 인기가 높다. 객실 안에 미끄럼틀과 뽀로로 캐릭터 콘셉트의 복층 침실을 갖추고 있으며, 온천수가 콸콸 나오는 가족탕도 완비되어 있다. 주말엔 한 달 뒤까지 방을 구할 수 없고, 그나마 평일엔 한두 객실 정도 자리가 나는 실정이다.

아내가 인터넷 서핑과 폭풍 검색을 한 끝에, 우린 이 모텔의 '딸기방'을 예약할 수 있었다. 어떤 호텔은 학교 축구팀의 전지훈련 숙소 전용으로 영업하는 것 같았다. 호텔 벽면에 몇몇 축구팀을 환영한다는 인사를 담은 대형 현수막이 걸려 있었으니 말이다.

부곡 하와이의 위상

1979년 전국 최초로 워터파크형 온천 풀장으로 개장한 부곡 하와이는 단순한 워터파크 이상의 위상을 차지했었다. 해외여행이 활성화되지 않은 80년대에 이곳은 신혼여행지로 각광받았다. 영남권뿐만 아니라, 서울에서도 단체 차량이 수없이 오갈 만큼 인기 있는 관광지였다. 유명 가수들이 이곳을 거쳐 갔다. 부곡 하와이의 온천수는 전국에서도 수질이 좋기로 소문이 자자했다. 온천수라고 해도 다시 데워서 내놔야 하는 다른 곳과 달리, 이곳은 수온이 너무 높아서 냉각기를 가동해야 할 정도다.

내가 처음 부곡 하와이를 찾은 건 30년 전쯤이었다. 교회 집사님이었던 어머니를 따라 교회 성도들의 야유회에 함께 나서게 되었다. 관광버스를 타고 2시간 남짓한 거리를 달려 이곳에 도착했다. 물놀이라곤 계곡이나 바닷가에서 해본 경험이 전부였던 나에게 이곳과의 첫 대면은 상당히 인상적이었다. 거대한 무대에서 이름 모를 가수의 공연이 진행되고 있었고, 수많은 사람이 물놀이를 즐기고 있던 풀장은 축구장보다도 커 보였다. 음악 소리, 사람들의 들뜬 표정, 아이들의 웃음소리. 이 모든 걸 종합할 수 있는 단어는, '축제'라는 말밖에 없을 것이다.

그날 난 흑역사 하나를 썼다. 난 그간 이런 초대형 풀장은커녕 작은 수영장에도 가보지 못했었다. 그래서 평소 계곡에서 하던 대로 팬티만 입고 수영장 물로 뛰어든 것이다. 차를 마시던 엄마도, 깔깔거리며 즐거운 시간을 보내던 다른 성도들도, 수영장에서 갖춰 입어야 할 복장이 있다는 사실을 알려 주지 않았다. 아마 그분들도 나의 팬티가 자연스럽다고 생각하셨던 듯하다. 물로 뛰어든 직후, 수영복과 수영모를 착용하지 않았다는 이유로 안전요원의 지시에 따라 물 밖으로 나와야 했다.

에덴의 아담이 선악과를 먹고 부끄러움에 눈뜬 기분이 이런 것이었을까. 이전에는 전혀 깨닫지 못한 인식이 번개처럼 번쩍이며 열렸고, 난 탈의실로 향하는 내내 벌거벗고 있는 듯, 수치심을 느껴야 했다. '벌거벗고 있는 듯'은 좀 순화된 표현일 수 있다. 젖은 팬티가 어떻게 보이는지를 생각하면, 난 실제로 벌거벗고 있었던 것이나 다름없다.

부끄러움이 알려질까 봐, 크게 화도 못 냈다. 내 생애 첫 수영용품을 그곳에서 구입했고, 다시 버스를 탈 때까지 녹초가 되도록 물놀이를 했다. 내 부곡 하와이 방문은 그날이 처음이자 마지막이었는데, 언제나 기억 속에 강한 인상으로 남아 있었다.

은퇴한 시설

가족탕에서 딸들과 함께 물놀이를 즐겼다. 아이들의 힘을 최대한 빼고, 일찍 재울 계획을 세웠다. 재우고 글 한 편 쓸 수 있겠지, 라고 생각했다. 운이 좋으면, 책도 좀 읽을 수 있을 것이다. 하지만 함정은, 아이들의 힘이 빠지는 만큼 내 힘도 빠진다는 사실이다. 뽀로로 이불 위에 아이들을 차례로 재우고 노트북을 켠 지 얼마 안 되어 눈이 스르르 감겼다. 노트북을 베고 자도 좋을 만큼 달콤한 잠이 몰려왔다. 창녕군 부곡리 온천중앙길 밑으로 여전히 섭씨 78도로 솟구치는 온천수는 그렇게 힘을 과시했다. 마음만 먹으면 누구나 무장해제 시킬 수 있다고 노곤한 내 귓가에 속삭였다.

다음 날 오전 체크아웃을 하고 동네를 빠져나오는데, 동네 입구에서 한 시대를 풍미했던 '부곡 하와이'를 마주했다. 폐업 사유는 복합적이었는데, 초대형 현대식 워터파크가 전국 각지에 생겨나 수익이 크게 줄어든 것이 가장 큰 이유고, 그 와중에 경영진 공금 횡령 등의 부정(不正)도 있었다고 한다. 부곡 하와이 앞에는, 전(前) 경영진을 처벌해 달라는 내용의 플래카드가 여러 장 걸려 있었다. 부곡 하와이의 폐업과 함께 그 안에서 손님들을 맞던 직원들도 직장을 잃었다. 직원들은 다 어디로 갔을까. 새로운 삶을 시작했을까. 아직도 부곡리를 흐르는 온천수처럼 그들도 건재하기를, 뜨거운 입김을 내뿜고 있기를 바랐다.

동네를 빠져나와서, 백미러로 보이는 부곡 하와이의 퇴락한 시설이 왠지 편안해 보였다. 한평생 열심히 일하고 얼마 전 은퇴한 김 차장을 보는 것 같았다고나 할까. 그래도 다음번 이곳을 찾았을 땐, 예전에 '축제'로 집약되던 그때 그 분위기를 다시 만날 수 있었으면 하는 마음이 들었다. 그렇게 창녕군 부곡리 온천중앙길은 점점 멀어졌다.

4장

조금은 헐렁한 읽기와 쓰기

올드 타운 호텔에서

신혼여행으로 갔던 프라하의 호텔에서 한 남자와 마주쳤다. 그는 출근 시간에 맞춰 건물로 들어섰다. 움푹 파인 눈으로 날 쳐다보는데, 묘한 느낌이 들었다. 알고 보니 그 건물에 사무실이 있는, 노동자 상해 보험 회사의 직원이었다.

관광을 하다가 점심을 먹고 잠시 호텔에 들렀는데, 이 보험 회사 직원이 오후 2시에 맞춰 칼퇴근하는 걸 보았다. 그는 나와 아내가 들어온 복도와 계단을 거쳐서 회사 밖으로 나갔다. 복도 중간에서 잠시 스쳐 지나갈 때, 그는 날 향해 미소를 지어 보였다. 그의 깊은 눈은 이렇게 말하고 있었다.

"퇴근 후엔 밥벌이보다 더 중요한 일과가 있습니다."

그는 집에 가기 전 프라하성 입구 옆으로 난 골목에 있는 작은 집에 들른다고 한다. 이 골목은 '황금 소로'라고 불리는 곳으로, 이곳엔 세 사람이 손을 잡고 팔을 뻗으면 이 끝에서

저 끝이 닿을 정도의 작은 집들이 다닥다닥 붙어 있다.

이 골목 22번지에 그 남자가 글을 쓰는 작은 방이 있다. 남자가 이전에 근무했던 보험 회사에서는 저녁까지 일을 했다. 그래서 글을 쓸 여력이 나지 않았다. 그는 글을 쓰기 위해 오후 2시면 퇴근할 수 있는 보험 회사 법률 자문으로 자리를 옮겼다. 그의 일과는 작은 집으로 들어가서 밤늦도록 글을 쓰고서야 마무리된다. 밥벌이보다 중요한 일을 마치고 남자는 그곳을 나와 자신의 하숙집으로 걸음을 옮기는 것이다.

나와 아내는, 남자가 퇴근하여 22번지에 있는 그의 작은 방에 도착할 즈음, 관광 가이드를 따라 황금 소로로 들어간다. 마침내 나는 거기서 그 남자의 이름을 발견한다.

'프란츠 카프카'.

프란츠 카프카가 다녔던 보험 회사를 정비해서 개장한 '올드 타운 호텔'이 신혼여행의 숙소라는 사실은, 내게 어떤 영감을 주기에 충분했다. 이제 막 결혼한 내 앞엔 노동, 출산, 그리고 육아로 이어지는 삶의 궤도가 열려 있었다. 그 삶의 궤도에서 카프카가 발버둥 치며 걸어갔던 길을 따라갈 거라는 우주적인 암시, 그것이 나를 이 호텔로 이끌었는지도 모르겠다.

오로지 글을 쓸 시간을 확보하고 싶어 하는 이지적이고 감성적인 이 남자는, 매일 아침 회사의 계단을 오르면서 몇 시간

뒤 자신이 글을 쓰기 위해 앉아 있을 황금 소로의 작은 집 책상을 떠올렸을 것이다. 이 지점에서 그와 나의 소망이 두 손을 맞잡는다. 회사 복도를 오가던 그의 발걸음 위로 나의 발걸음이 포개어진 바로 그 지점.

난 호텔의 복도를 거닐면서 그의 발걸음 소리를 들었다. 무겁게 들어와서 나갈 때는 가벼워지는 그 걸음 소리를 말이다. 그는 회사에서도 주변의 사람들에게 꽤나 인정받는 직원이었다. 일하는 동안엔 자신의 일에 충실했다. 하지만 그의 꿈과, 그의 영혼을 오롯이 채울 수 있는 것은 회사 밖, 저 우뚝 선 프라하성 한쪽 골목에 자리 잡은 22번지의 작은 집에 있었다.

프란츠 카프카의 아버지 헤르만 카프카는 자수성가한 사업가였다. 매우 의욕 넘치고 현실적인 인물이었다. 헤르만에게 글쓰기는 현실의 삶에서 별다른 효용 가치가 없는 일이었다. 지극히 형이하학적이고 현실 감각이 탁월한 아버지와, 형이상학적인 가치를 추구하는 영적이고 감수성이 풍부한 아들의 만남은 불행 그 자체였을지도 모르겠다.

프란츠 카프카에게 글쓰기는 자신을 가장 자신답게 만드는 일이었다. 헤르만 카프카는 이 점을 이해할 수 없었다. 현실에서 아무런 이익을 주지 못하고, 시간과 몸을 축내는 그 일을 하는 아들이 못마땅했다. 아들이 현실 감각을 갖고 자신과 같은 색의 성공을 누렸으면 하는 마음이었다. 프란츠 카프카는 아버지의 뜻에 따라 법학과에 입학했고, 평범한 사람들이 선택할 만한 진로를 걷게 된다.

프란츠 카프카는 '밥벌이'만 하며 인생을 보내고 싶지 않았다. 그는 삶의 '의미'를 원했다. 그래서 종일 밥벌이에 시달리면서도, 그의 시선은 그 너머를 향했다. 그는 생업에서 일탈하거나 튕겨 나가지 않는 범위 안에서, 삶에 의미를 부여하는 일을 더 잘할 수 있는 쪽으로 항상 움직였다.

카프카의 소설들 대부분이 그가 죽은 뒤 친구에 의해 출판되었다는 점을 기억한다면, 카프카는 그의 글을 통해 외적인 보상을 누린 적도 없고, 누릴 수 있다고 생각하지도 못한 듯하다. 그는 오로지 글을 쓰는 행위 속에서 삶을 누리는 길을 찾은 것이다.

내게 '프란츠 카프카'는 작품보다 작가를 좋아하는 유일한 사례다. 난 그의 삶에서 경외심을 느끼고 영감을 얻는다.

—

난 카프카가 오갔을 올드 타운 호텔의 복도를 걸으면서 잠시 그와 대화를 나눴다. 내가 물었다.

"두 종류의 생활을 하나의 삶 속에 녹여내기는 참 어려운 일이지요? 내게 조금만 더 글을 쓸 여유가 있다면 좋을 텐데, 하는 생각을 하진 않나요?"

카프카가 대답했다.

"늘 하는 생각입니다. 제가 글쓰기에만 전념할 수 있다면 얼마나 좋을지에 대해선… 두말할 필요가 없죠. 하지만 제 밥벌이가 전혀 도움이 되지 않는 건 아닙니다."

"어떤 점에서요?"

"전 보험 회사 직원으로 오랫동안 근무했어요. 자본가들이 운영하는 공장에서 많은 노동자가 다칩니다. 노동자들에게 근무 환경은 열악하지요. 거대한 자본주의의 세계에서 노동자들은 한 개인으로서 무력하고 자본주의 사회는 그들에게 냉혹합니다. 노동자들과 그들의 근무 환경을 보면서 생각한 것들이 어느새 제 소설의 중심을 이루기도 합니다. 경험이 다채롭다는 건 그만큼 쓸 거리와 할 얘기를 얻는 데 유리하다는 뜻이죠."

올드 타운 호텔 복도 벽엔 프란츠 카프카의 사진들이 걸려 있다. 그가 이 건물을 드나든 지 100년 정도가 지났는데, 그의 숨결이 이 공간 어딘가에 남아 있을까. 난 계속해서 사진

속 그에게 눈을 맞추고 물었다.

"황금 소로 22번지의 작은 방은 당신에게 어떤 의미가 있습니까?"

"남들이 알 수 없는 세계를 구축한다는 의미가 있지요. 사람들은 저마다 자신의 세계를 만듭니다. 우리 아버지의 경우는, 현실의 세계에서 성공하여 돈을 벌고 부를 누리며 살아가기 위해서 자신만의 원칙과 세계관이 담긴 세계를 구축했죠.

제 아버지가 구축한 세계는 당신 시대에도 많은 사람에게 공감을 얻을 수 있는 세계일 겁니다. 하지만, 저의 세계는 별로 인기가 없을 겁니다. 작은 문을 통과해 들어가야 하는 그 작은 집에서 매일 몇 시간을 보내는 것이 무슨 의미가 있냐고 의아해하는 사람이 많겠지요. 저는 유명 작가도 아니고, 제가 문장을 쌓아가며 만드는 그 세계를 누가 알아주지도 않습니다. 남들이 알 수 없는, 별로 알고 싶어 하지도 않는 그 세계를 저는 착실히 구축해가고 있습니다. 그 세계에서만 생산되는 기쁨의 과실이 있기 때문입니다.

어느 지역에나 특별한 생산물이 있지요. 황금 소로 22번지의 작은 방에만 제가 한입 베어 물 수 있는 과실이 있습니다. 그 과실은 달콤하기만 하진 않습니다. 그렇지만 맛이 좋습니다. 사람들은 '단'것과 '맛 좋은'걸 착각하곤 합니다. 쓰고 시고 짜고 매운 것도 맛있을 수 있습니다. 안락하고 풍족한 것을 추구하는 삶은, 달콤할 순 있어도 맛 좋은 삶은 아닐 수 있습니다. 전 맛 좋은 삶을 살려고 합니다. 누가 알아주지 않아도 제 입맛에 맞는 삶이죠."

올드 타운 호텔 복도의 벽에 걸려 있었던 카프카의 사진은 어느새 거울로 바뀌어 있었다. 질문한 사람도, 대답한 사람도 나였다.

아내가 일부러 그 호텔을 정한 건 아니었다. 나도 그곳에 가서야 거기가 예전에 카프카가 다니던 보험 회사 건물이라는 사실을 알았다. 카프카의 발소리를 듣고, 퇴근길에 인사하는 카프카의 음성을 들었다고 생각했지만, 내가 만난 남자는 실은 나였다.

나의 일과는 해가 저물고, 집으로 향하는 차들이 헤드라이트를 켜고, 바람이 그 자리에 가만히 서서 오가는 사람들을 맞으며 몸을 떨 때, 황금 소로 22번지에서 다시 시작된다.

남들이 알지 못하는 맛을 내는 시간 속에서, 남들이 알 수 없는 세계를 구축하고 살아가는 것이다. 느리지만 착실하게. 위태롭지만 끈질기게.

밤 10시의 공기 속으로

1990년대 중반, 내가 보낸 고교 시절은 '저녁이 없는 삶'이었다. 학생들은 밤 10시까지 이루어지는 야간 자율 학습(이하 야자)을 당연하게 받아들였다. 고 2가 되자, 자정까지 남아서 야자를 해야 한다고 했다. 저녁과 밤도 모자라서, 심야까지 싹싹 긁어서 내어놓는 건 도저히 받아들일 수 없는 일이었다.

난 학교에서 꽤 먼 곳에 사는 친구와 함께 담임 선생님을 찾아가기로 했다. 야자를 빼달라는 요청은, 그때 분위기상 합당한 이유가 아니라면 명함도 못 내밀 일이었다. 내가 짠 전략은, 우리 동네의 별칭이었던 옛 이름을 활용해 우리 집을 굉장히 먼 외곽처럼 느끼도록 만드는 것이었다. 옛날에 불리던 그 지명은 우리 동네 근처에 사는 사람이 아니면 잘 쓰지 않았고 잘 알지도 못했다. 진짜로 먼 외곽에 사는 친구와 함께 가서 부탁드린다면 선생님의 판단력을 흔들어놓을 수 있겠다 싶었다.

심야 시간을 지키기 위해 꽤나 주도면밀한 계획을 세웠다고 생각했지만, 사실은 허술한 계획이었다. 선생님이 혹시 우리 동네의 옛 지명을 알거나 내 얕은수를 파악한다면, 내 의도는 그대로 노출될 것이었다. 그렇게 되면 난 바로 선생님에게 1년 내내 '못 믿을 녀석'으로 낙인찍혀 응징을 당할지 모를 일이었다. 이 시도는 모험이자 위험이었다. 야자를 12시까지 연장 실시하는 첫날을 1주일 앞둔 3월의 어느 날, 나와 '진짜 먼 곳에 사는 친구'는 선생님을 찾아갔다.

"무슨 일이고?"

"선생님, 저희는 집이 멀어서 12시까지 야자하면 버스가 끊겨 집에 갈 수 없습니다."

"집이 어딘데?"

드디어 올 것이 왔다. 친구가 먼저 대답했다.

"호계입니다."

친구의 단호한 목소리엔 어떤 두려움도, 불안감도 느껴지지 않았다. 진실이 주는 당당함이었다. 학교 근처엔 친구 동네를 지나는 버스 노선이 없었다. 걸어서 20분 정도 떨어진 정류장에서 버스를 타면 차로도 30분 이상 걸리는 곳이었다.

"음, 거긴 멀지. 부모님 허락은 받았나?"

"네."

친구는 가뿐히 통과. 이제 내 차례였다.

"넌 어딘데?"

"전 산전입니다."

"산전? 거가 어디고? 처음 듣는데?"

"호계 가기 전에 있습니다."

우리 동네의 위치를 설명하기 위해 친구 동네를 끌어들인 건 나의 얕은수이자, 유일한 전략이었다. 내 대답이 거짓말이었던 건 아니었다. 우리 동네는 호계 가기 전에 있었고, 친구와 나의 동네는 같은 버스 노선에 있었다. 다만 호계와 산전 사이엔 한 다스 정도의 정류장이 있을 뿐이었다. 운이 좋다면 선생님은 우리 동네에 대해 추가로 질문하는 대신, 우리 동네가 친구 동네만큼 먼 곳이라는 막연한 인식을 받아들일 거였다.

선생님은 잠시 침묵하셨다. 얼마간의 정적이 흘렀다.

"부모님은 허락하셨나?"

"네."

됐다. 그렇게 나의 심야를 지켜냈다. 위험을 감수한 모험의 결과는 달콤했다. 야자의 2부가 끝나는 밤 9시 50분에 종이 울리면, 나는 책가방을 싸서 친구와 함께 밖으로 걸어 나왔다. 싸늘히 식어 청량감마저 들던 공기가 우리를 맞아주었다. 다른 친구들이 그날의 마지막 정력을 짜내 야자 3부에 돌입할 때, 우린 밤 10시의 공기를 마셨던 것이다. 나와 친구는 20분을 함께 걸으며 대화를 즐겼고, 우리 동네로부터 가까운 정류장에서 친구는 버스를 탔다. 나는 10분을 더 걸어 터덜터덜 집으로 왔다.

밤 10시와 12시의 공기는 확실히 다르다. 밤 10시의 공기 속엔 아직 거리를 지나다니는 사람들의 입김이 녹아 있다. 통행이 뜸해지긴 하지만 아직 사람들이 움직이며 내뿜는 체취와 활기가 공기 사이로 떠다닌다.

'역사는 반복된다'는 말은 개인사에도 적용되는 말이 아닐까, 하고 생각한 건 최근이다. 20년이 넘는 시간이 지났지만, 지금도 난 밤 10시 이후를 지켜내기 위해 고군분투하고 있다. 밤 10시의 공기를 맡기 위해 아이를 제시간에 재우는 일에 혼신의 힘을 다한다.

육아는 얕은수로 해결할 수 없다. 내 얕은수는 선생님에게는 통할지 몰라도 아이들에겐 절대 통하지 않는다. 그저 묵묵히 아이들의 기력이 소진되길 바라면서 함께 시간을 보내는 수밖에 없다. 그 노력이 하늘에 닿으면, 하늘은 아이들에게 잠을 선사한다.

밤 10시의 공기는 내가 호흡할 수 있는 가장 달콤한 공기다. 그 공기 속엔 얼마간의 자유와, 아직 채 가라앉지 않은 아이들의 입김의 녹아 있다. 이십여 년 전의 그것처럼 달콤하고 적당한 청량감이 있다. 오늘도 난 밤 10시의 공기 속으로 걸어 나왔고, 과거의 나와 대화하며 긴 시간을 걸었다. 그리고 마침내 이 글의 마지막 문장에 다다랐다.

삶이 만족스럽냐는 질문에 대해

―영화 〈반칙왕〉과 〈음란서생〉을 중심으로

삶에 만족하나요? 라고 물으면, 어떤 이들은 이렇게 대답할 것이다.

"아, 그럴 리가요. 삶에 만족한다는 게 뭔지도 잘 모르겠어요."

그럼, 삶이 불만족스럽나요? 라고 물으면, 그들은 또 우물쭈물할 것이다.

"뭐, 불만족스럽다는 건 아니고요. 그냥, 딱히, 뭐, 다들 그렇게 사는 거죠."

많은 사람은 삶의 만족을 바란다고 말하지만, 막상 지금 삶에 대해서 큰 불만은 없다고 얘기한다. 이율배반적이다. 그건 우리가 자기만족의 범위를 스스로 제한하기 때문에 벌어지는 일이다. 우린 큰 만족을 얻는 것보다, 큰 실망을 피하는 걸 우선순위로 둔다. 크게 기대하면 실망도 큰 법. 그래서 우린 마음속에서 들끓던 격정은 넣어두고, 우리의 마음을 잔잔한 호수로 만들려고 애를 쓴다.

만족에 대한 열망, 불만족에 대한 응어리 모두 호수 아래에 가라앉히고, 하루 또 하루를 살아간다. 언젠가 기회가 있겠지, 하는 막연한 기대를 갖고 있지만, 우린 안다. 그 기대는 지금의 모습으로 살아가는 한 결코 이루어지지 않을 것임을.

어떤 이들은, 내 삶의 불만족들을 다 덮고도 남을 정도의 자기만족을 찾기 위해서 오래전 호수 아래로 가라앉힌 '격정', '열망', '열정'같은 것들을 힘겹게 끌어올리기도 한다.

오랜만에 자신의 열정과 마주하게 된 이들의 일상엔 미세한 균열이 일어난다. 무언가에 뜨거웠던 오래전 자신과도 마주하게 된다. 이 경험은 마음에도 균열을 만든다. 그는 더 이상 살던 그대로 살아갈 수 없게 되었음을 깨닫는다.

지루하고 불만족스러운 일상을 살던 주인공이, 새로운 일을 하게 되면서 일상에 변화가 생기고 자기 자신을 되찾는다는 이야기는 문학과 영화에서 수없이 변주되어 왔다. 〈반칙왕〉, 〈음란서생〉, 〈쉘 위 댄스〉, 그 외에도 같은 주제의 수많은 영화는 춤, 운동, 글쓰기, 노래 등등 주인공이 빠져드는 분야를 바꿔가며 쏟아져 나왔다. 특히 〈반칙왕〉과 〈음란서생〉은 내게 적극적으로 삶의 만족을 추구하는 것이 어떤 의미를 갖는지 가르쳐준 작품들이다.

반칙이 필요한 일상

송강호가 연기한 은행원 임대호의 일상은 그야말로 지리멸렬하다. 은행에서도 실적이 없다는 이유로, 지각을 했다는 이유로 상사에게 핀잔을 듣고 급기야 헤드락에 걸리기도 한다. 별로 인정받지 못하고, 일상의 낙도 없는 인생이다. 평범한 사람들의 일상이 대부분 이렇다.

지루한 일상은, 송강호가 프로레슬링을 배우기로 하면서 균열이 가기 시작한다. 프로레슬링을 배우며 자신감도 생기고, 목표가 생기면서 새로운 활력이 점점 일상을 채우게 된다. 송강호가 '반칙왕' 캐릭터로 프로레슬링을 배우는 과정은, 자신을 가두고 있는 일상의 룰을 깨려는 움직임이다. 복면이라는 새로운 사회적 가면을 쓰고 반칙왕으로 거듭나는 그 순간이야말로, 평범한 은행원 송강호에겐 룰을 훌쩍 뛰어넘어 깊이 가라앉아 있던 자신을 건져내는 일인 것이다.

고착화된 일상의 룰은, 그것을 넘어서는 일탈이나 반칙이 아니고서는 여간해선 뛰어넘기 어렵다. 누가 정한 건지는 모르지만, 우린 보이지 않는 룰에 따라 하루하루를 살아간다. 룰에 적응해버린 사람의 일상은, 편할지는 몰라도 어떤 '의미'를 찾기 어려워진다. 그래서 때론 일상에 반칙이 필요하다.

나는 음란서생이다

2006년 개봉한 영화 〈음란서생〉은 점잖은 양반의 이중생활을 유쾌하게 그린 이야기다. 내가 사랑하는 배우 한석규가 명망 높은 사대부의 자제이자, 당대 최고의 문장가인 김윤서 역을 맡았다. 김윤서는 권력을 얻는 데 별반 관심이 없다. 큰 욕심 없이 그저 하루하루 평온한 일상을 살아간다. 그러던 중 왕의 후궁인 정빈이 지시한 위작 사건을 조사하게 된다. 조사를 위해 찾아간 유기전에서 한 노인이 어떤 책을 필사하는 걸 보게 되고, 난잡한 이야기가 담긴 책을 접하게 된다.

그날부터 김윤서의 머릿속엔 그 책의 내용이 떠나질 않는다. 급기야 그는 책을 유통하는 유기전 영감을 찾아가게 된다. 김윤서가 묻는다.

"인봉거사라는 사람이 그렇고 그런 글에선 아주 최고라던데. 대체 뭐가 그렇게 뛰어나서 그런 겐가?"

"뭐랄까? 진맛을 안다고나 할까?"

유기전 영감이 진지하게 답한다.

김윤서도 결국 음란한 이야기를 쓰게 되고, 그가 쓴《흑곡비사》라는 음란 서적은 이내 저잣거리의 베스트셀러가 된다. 《흑곡비사》는 왕의 후궁과 선비의 금지된 사랑을 그리고 있어, 훗날 이 책으로 인해 김윤서는 고초를 겪게 된다.

이 영화의 주인공 김윤서는 음란 서적을 통해 봉인되어 있던 자신의 창작욕을 분출한다. 그 열정은 뜨겁고 강렬하다. 하지만 그 열정은 은밀하고, 숨겨져야 한다. 김윤서는 두 세계에 발을 걸치고 있다. 그는 밤이 되면 감추어진 세계의 문을 열고 들어간다. 그리고 자신이 가장 좋아하는 일을 한다.

나의 감추어진 세계도 '이야기의 세계'다. 이야기를 읽고 쓰는 것 말이다. 이 세계는 음란서생의 그것처럼 꽤나 은밀하다. 현실 세계에서 만나는 사람들은, 내가 거의 매일 쓰고 있다는 사실을 알지 못한다. 난 이 일이 은밀하게 진행되고 있다는 점에 희열을 느낀다.

오늘도 난 두 세계 사이에서 비틀거린다. 아직 내 안에 있는 다른 세계가 온전하다는 것에 감사하며, 그곳으로 기어 들어간다. 나의 감추어진 세계에서, 이야기 속 인물이 고통을 겪고, 병들고, 방황하고, 구원받는 일을 아는 것은 생존에 필수

적이진 않지만 삶의 의미를 깨닫는 데는 중요한 역할을 한다. 의미를 파악하려는 시도와 결과로 인해 내 삶이 풍성해진다.

난 가장이고, 생활인이지만, 동시에 다른 세계에서 글을 쓴다. 레지스탕스처럼 소리 없이 움직인다. 날마다 쓰지 않았다면 드러나지 않았을 세계를 발견한다. 흥분되고 짜릿한 것을 찾아 또 숨겨진 장소의 문을 연다. 나는 '음란서생'이다. 보이는 것보다 더 큰 세계를 소유하고 있다.

독서가 P씨의 사정

— 짧은 픽션

    주변에서 인정받는 독서가 P씨는 최근에 아파트의 같은 라인에 사는 K씨와 친분이 생겼다. 출퇴근길에 엘리베이터에서 가끔 만나면 목례 정도만 나누던 P씨와 K씨는 동네의 피트니스 클럽에서 만나게 되었고, 같은 헬스 트레이너에게 트레이닝을 받게 되었다. 나이대가 비슷한 두 사람은 매일 같은 시간에 함께 운동하면서 자연스레 많은 대화를 나누게 되었다.

    K씨는 P씨의 취미가 독서와 헌책 모으기며, 블로그에 책에 관한 글을 꾸준히 올린다는 사실을 알게 되었다. K씨는 고등학교 시절에 자신도 책을 많이 읽었지만, 어느 순간부터 독서와 멀어졌다는 사실을 털어놓았다. 그러면서 P씨에게 이렇게 말했다.

    "꺼져버린 독서에 대한 저의 열정을 되살릴 만한 책이 없을

까요? 책을 많이 읽으시니까……"

"한번 찾아봐 드려요? 세상에 책은 많고 새로운 흥미를 불러일으킬 책도 얼마든지 있지요."

P씨가 자신 있게 대답은 했지만, 그의 고민은 그때부터 시작된다. P씨는 자신에게 K씨의 잃어버린 독서열을 되살려야 하는 엄청난 과제가 주어졌다고 여겼다. 그는 황무지에 꽃을 피워야 한다. P씨는 K씨가 자신과 친분을 나눈 지 얼마 되지 않았지만, 자신이 처한 문제 중 한 부분을 용기 있게 열어젖혔다고 생각했다. P씨는 K씨의 독서 주치의가 된 것이다.

P씨는 그날 밤 집으로 가서 K씨의 독서 세포를 되살릴 만한 책을 물색하기 시작했다. 자신이 읽은 책 대부분은 블로그에 기록해 두었으니, 블로그부터 뒤져보았다. 블로그에 접속하면서부터 문제가 발생했다. K씨가 어떤 종류의 책에 관심이 있는지 알 수 없었기 때문이다. K씨가 P씨에게 요청할 때 책의 기준은, '꺼져버린 독서의 열정을 되살릴 만한 책'이라는 단서가 유일하다.

P씨는 최근 베스트셀러가 된 책들은 피하기로 했다. 자신이 책을 선별하는 노력 없이 골랐다는 인상을 줄 수 있었고, 시류에 편승하는 개성 없는 독서가로 비칠 수도 있었기 때문

이다. 더군다나 자신은 베스트셀러를 일부러 피하는 편이어서 읽은 책도 거의 없었다.

오래 독서를 안 했으니, 재미 위주의 책을 고르는 게 낫겠다 싶었다. 하지만 재미만 있을 경우, 자신이 가벼운 책만 읽는 사람이라는 잘못된 편견을 심어줄 것 같았다. 재미도 있고, 묵직한 주제도 다루어야 했다. 이 두 가지를 모두 충족하는 책을 추렸더니, 후보 도서 세 권 모두 400페이지에 육박하는 두꺼운 책이다. 오랜만에 책을 읽는데, 이렇게 두꺼운 책을 읽을 수 있을까, 하는 고민이 생긴다.

얇은 책 중에서 재미와 주제 모두 괜찮은 책을 다시 찾아보기로 한다. 블로그에 기록된 책 중에는 그런 책을 찾을 수가 없다. 이제 P씨는 블로그를 운영하기 이전에 읽었던 책들의 기록을 찾기 시작한다. 그 시절 나름 정성껏 적었던 독서 기록장을 들추어본다. 그리고 책을 열심히 사다가 채운 책장도 한참 들여다본다.

후보 도서를 세 권 정도 찾았다. 소설 두 권에 비소설 한 권이었다. 온라인 서점을 검색해보니, 그중 비소설은 절판되었다. 이제 소설 두 권이 최종 후보에 올랐다. 하지만 이 책 중하나는 50년 전에 나온 책이고, 하나는 20년 전에 처음 나온 책이다. 군이 이렇게 오래된 소설을 읽고 싶어 할까, 하는 생각이 든다. 재미가 있고, 묵직한 주제도 담겼으며, 부담 없이 읽을 수 있는 얇은 책이라는 조건에 '출판된 지 15년 이내의 책'이라는 조건 하나를 추가한다.

P씨는 다시 책을 물색하기 시작했고, 책을 찾기 시작한 지 6시간 만에 적절한 책 한 권을 찾아냈다! 그는 급한 과제를 해결한 기분으로 새벽 3시에 비로소 잠자리에 들 수 있었다.

한편, K씨는 피트니스 센터의 문을 나서는 순간 P씨에게 책을 추천해 달라고 요청한 사실을 잊었다. K씨는 집으로 와서 즐겨 시청하는 미니시리즈를 보았고, 미니시리즈에 이어서 방영된 예능 프로그램까지 보았다. 밤 12시 반이 되어서 잠을 자려고 누워서는, 스마트폰으로 쇼핑몰에 접속해 피트니스 센터에서 입을 트레이닝복을 검색하다 잠이 들었다.

다음 날, 두 사람은 다시 피트니스 센터에서 만났다. P씨는 K씨의 오랜 고민이 해결되는 걸 보고 싶었다. 그는 꺼져가는 독서의 마지막 숨을 되살리기 위한 인공호흡기를 손에 쥔 기분으로 말을 꺼냈다.

"제가 어제 책을 좀 찾아봤는데요."

"오, 정말이요? 기대돼요."

"《아일랜드 소녀의 알레고리》라는 책이에요. 어떤 책이냐면……"

그때 헬스 트레이너가 그들에게 다가왔다.

"앞의 분 운동이 일찍 끝나서 조금 일찍 시작해도 될 거 같은데, 괜찮으세요?"

"네."

P와 K는 함께 대답했다.

P씨는 조금 전 하다가 중단된 책 추천 대화를 이어갈 기회를 기다렸지만, 좀처럼 틈이 나지 않았다. K씨가 다시 말을 꺼내주길 바랐지만, K씨에게 그 이야기는 이미 흘러간 화젯거리인 것 같았다. 더 이상 책에 대한 얘긴 꺼내지 않았다. P씨는 책의 제목이라도 말했다는 사실을 위안으로 삼으며 서서히 체념했다. 운동을 다 마치고 탈의실로 향하는 동안 K씨가 이제야 생각이 났다는 듯 말을 꺼냈다.

"아, 아까."

P씨는 끊어진 대화가 다시 재개되는 모양이라고 생각했다.

"아까 얘기하려고 했는데요, 혹시 트레이닝복 공동구매할 생각 있어요? 괜찮은 게 싸게 나왔어요. 같이 사면 배송비까지 아낄 수 있잖아요."

　P씨는 집에 와서야 자신에게 일어난 일을 깨달았다. K에게
《아일랜드 소녀의 알레고리》를 구입하게 하는 대신, 자신이
트레이닝복 세트를 하나 구매했다는 걸 말이다. P는 물리적인
거리가 정서적인 필요와 밀접한 관련이 있음을 새삼 느끼며,
인간에겐 책보다 옷이 가깝다는 사실을 실감했다.

글쓰기의 절대 고수

절대 고수로 태어난 한 사람이 있다. 고수의 자질이 드러난 적도 없고, 누구도 그를 알아보지 못한다. 그는 고수의 품격과는 거리가 멀다. 심지어 그는 사람들을 괴롭히는 악한 무리의 말단 회원이다. 그는 나쁜 심부름이나 하면서 하루하루를 연명한다.

그가 어느 날 나쁜 지령을 받고 어떤 마을을 찾아간다. 속마음은 여리고 동정심이 많지만, 건달처럼 거들먹거리며 사람들을 위협한다. 그는 번번이 동네 사람들에게 호되게 당하고 돌아온다. 마을엔 알려지지 않은 고수가 살고 있었기 때문이다.

얼마 후, 마을에 살던 고수가 그 조직을 찾아온다. 그 조직이 언젠가는 그 마을을 쑥대밭으로 만들고 자기들이 원하는 것을 취할 거라 판단해서다. 마을의 고수는 조직의 고수와 실력을 겨룬다. 수많은 합이 오고 간다. 싸움은 격렬하고 주변은 쑥대밭이 된다. 마을 고수는 패배 직전에 필살기로 승기를 잡는다. 하지만, 조직을 설득하기 위해 자비를 보이다가 순식간에 상황이 역전되어 생명을 위협받기에 이른다. 조직의 고수는 무자비했다. 조직의 고수가 마을의 고수를 죽이려는 찰나, 조직의 말단이었던 주인공이 나선다.

일련의 과정을 지켜보고 있던 주인공은 그 마음 깊은 곳에서 울려 퍼지는 소리를 듣게 된다.

'이건 옳지 않다!'는 외침 말이다. 주인공은 자신도 모르게, 쓰러진 마을 고수의 앞을 막아서게 된다. 오래전부터 그 순간을 기다려온 듯이 말이다.

주인공은 콧방귀를 뀌는 조직의 고수에게 곤죽이 되도록 얻어맞는다. 죽지 않은 게 신기할 정도로 쥐어 터지고, 얼굴은 형체를 알아볼 수도 없을 정도가 된다. 모두가 주인공이 죽었다고 생각한 그 순간, 마을의 고수와 주인공은 순식간에 사라진다.

마을의 고수는 주인공이 살아있음을 확인하고 회복시키기 위해 처치를 한다. 한낱 건달에 불과했던 주인공은 절대 고수로 거듭나고, 조직으로부터 마을을 구해낸다. 주인공의 등 뒤에서 마을의 고수는, 주인공의 뒷모습을 보며 중얼거린다.

"절대 고수였어. 죽도록 얻어맞으면서, 막혔던 기가 뚫려 고수의 자질이 드러났어."

앞의 이야기가 낯익은 분들도 있을 것이다. 주성치 주연의 영화, 〈쿵푸 허슬〉이다. 웃음기를 쏙 빼니, 은둔의 고수가 등장하는 많은 무협영화 스토리와 별반 다르지 않은 이야기가 되었다.

예전에, 이 영화를 보고 써두었던 메모가 생각났다.

'난 글쓰기 고수가 되고 싶다. 내 안에 숱한 이야기가 있고 글로 쏟아낼 많은 생각이 있는데, 어딘지 막혀서 나오질 않는다. 문장들은 내 안에 갇혀 폭발할 것 같은데 난 그것들을 표현할 수가 없구나. 나의 막힌 혈은 어떻게 뚫지? 나도 누군가에게 흠씬 두들겨 맞으면 될까.'

이 짧은 감상을 보고, 난 소리 내어 웃었다. 난 나 자신을 숨은 고수라고 생각하고 있었다. 막힌 혈을 한방에 뚫으면, 손끝에서 이야기가 철철 쏟아져 내릴 거라고 생각했다. 문장 하나 제대로 꺼내 쓰지 못했을 때, 어떤 자신감으로 그런 생각을 했는지 궁금했다. 난 과거의 나를 마음껏 비웃었다. 자백의 역사는 뿌리가 깊다. 그 역사는 오늘도 이어지고 있다.

다른 이들에게 특별히 피해를 주지 않는다면 어느 분야에서도 '자백'은 일정한 효용을 갖는다. 내가 쓰는 많은 글은 자백을 동력 삼아 쓴 것이다. '난 그래도 글을 좀 쓸 줄 알아.' 하는 자의식 없이 글을 쓴다면 나 자신의 한계를 비관하고 실력을 부끄러워만 하느라 한 걸음도 나아갈 수 없었을 것이다. 현실을 다 안다고 웅크려서 우울해하는 것보다, 알면서도 모른 척, 그렇게 한 걸음씩 나아가는 게 더 낫다고 생각한다.

그렇지만 '한 걸음'의 가치를 무시하면서, 내가 어쩌면 '고수'일지도 모르고, 아직 그 점이 제대로 발현되지 않았을 뿐이라고 여긴다면 자신을 속이는 일이다. 자질이 없는 사람이든, 숨은 고수든, 한 걸음을 떼지 않으면 같은 자리에 멈춰 있을 뿐이다.

고수인지 아닌지는 상관이 없다. 지금 당장 막혀 있는 혈을 뚫는 게 중요하다. 막힌 혈을 한방에 뚫는 방법은 없어도, 조금씩 뚫는 방법은 있다. 글 쓰는 사람들은 저마다 바늘을 하나씩 갖고 있다. 머리를 감싸 쥐며 고민하고, 백지의 공포를 이겨내며, 한 편의 글을 완성할 때마다 그 바늘은 막힌 혈을 한 번 찌른다. 처음엔 찔러도 막힌 혈에 아무런 위협도 주지 못한다. 하지만 그 바늘이 수십 번, 수백 번 찔러 들어갈 때마다 막힌 혈에선 작은 이야기가 하나씩 맺혔다가, 그다음엔 좁은 통로가 생겨 쫄쫄 흘러나오다가, 급기야는 새로 심은 수

도관처럼 이야기를 흘려낼 것이다.

내가 쥔 바늘을 쓰지 않고, 답답한 마음으로 글의 언저리를 맴돌면서 한숨만 쉬었다면… 난 영원히 절대 고수라는 착각 속에서 살다가, 어느 날 만난 어떤 조직의 고수 앞을 겁 없이 막아섰다 장렬히 최후를 맞이했을 것이다. 내 손은 뭉개지고, 얼굴은 형체를 알아보기도 어려웠을 것이다. 바늘을 쓰면 쓸수록 혈은 뚫리지만, 아이러니하게도 내가 숨은 고수가 아니었다는 사실은 점점 더 뚜렷해진다.

난 안도한다. 내가 작디작은 바늘의 존재를 알고 있다는 것과, 오늘도 그 바늘을 들고 막힌 혈의 언저리를 한 번 더, 찌르고 있다는 것 때문에.

극한 글쓰기

 학창 시절부터 글쓰기에 비범한 능력을 뽐내던 사람이 있었다. 그는 화려한 글쓰기로 당시 위정자를 풍자했고, 그 죄목으로 투옥된다. 하지만 옥살이도 글쓰기에 대한 그의 열정을 꺾을 수 없었다. 옥중에서 희곡을 하나 완성했는데, 그것으로 엄청난 성공을 거둔다.

 옥중이 아니었어도 그가 그런 성공작을 쓸 수 있었을까. 의견이 분분하겠지만, 난 그렇다, 라고 답할 것이다. 여기서 주목할 것은, 글쓰기에 대한 그의 집착이다. 환경은 부차적인 요소였다. 어떤 환경이었든, 그는 글을 썼을 것이고, 그의 재능은 꽃을 피웠을 것이다. 누구 얘기냐고? 프랑스 작가 볼테르 얘기다.

 극한 상황에서 환경은 아랑곳하지 않고, 걸작을 쓴 작가는 볼테르 말고도 많다. 사마천은 옥중에서, 그것도 궁형을 당한 상태에서 《사기》를 썼다. 옛 중국의 감옥은 지금의 환경과는 비교도 안 될 정도로 열악했다. 게다가, 으, 궁형까지 당했다. 신체적 고통은 물론이거니와, 정신적 충격은 더했을 것이다. 어쩌면, 스스로 무너지지 않기 위해서 글쓰기에 집착했는지도 모르겠다. 2년간의 옥고를 치르고 나온 사마천은 약 8년 후에 방대한 《사기》를 완성한다.

이들 말고도, 포로 상태에서 《동방견문록》을 쓴 마르코 폴로, 옥중에서 《세계사 편력》을 쓴 네루, 우리나라엔 옥중에서 두루마리 휴지에 빼곡히 글을 써 내려간 신영복 선생이 있다. 휴지에 쓴 서간을 모아 출간한 책 《감옥으로부터의 사색》은 많은 이에게 감동을 주었다.

이 작가들은 아마 달나라에 데려다 놨어도 글을 썼을 것이다. 진짜 작가란 이런 사람들이다. 영감이 안 와서 글이 안 써진다거나, 글 쓰는 환경이 나쁘다든가, 하는 볼멘소리를 하는 사람은 애초에 글쓰기에 대한 열망을 의심해볼 수밖에 없다.

오늘날의 극한 환경

글을 쓰는 극한 환경의 예로 '옥중 집필' 얘기를 많이 했는데, 그것은 오늘날의 장애물에 비하면 대수롭지 않은 것일 수도 있다. 사마천이나 볼테르의 염장을 좀 지르자면, 방해물 내지 열악한 환경은 오히려 글 쓰는 이의 투지를 불러일으킬 수 있다. 감옥에서는 다른 일을 하거나 즐길 수 없기 때문에 글쓰기에 몰입할 수도 있다.

오늘날 가장 극한의 환경은, 글쓰기 외에도 감각적인 재미를 추구할 수 있는 수단이 많은 곳이다. '유혹'은 '역경'보다 치명적이다. 스스로 무너져 내리게 만들기 때문이다. 우리는 스마트폰을 옆에 끼고 살며 비생산적인 활동에 몰입한다. 핫한 영화를 미뤄두고 글쓰기를 시도하는 건 무척 어렵다. 스티븐 킹은《유혹하는 글쓰기》에서 TV는 글 쓰는 사람에게 백해무익한 물건이라고 말한다. 생각하지 않으면 편안하다. 글쓰기는 치열한 생각 속에서 태어난다. 안락의 유혹은 달콤하다.

또 다른 어려움은, 너무 바쁘다는 것이다. 전업 작가가 아닌데 글을 쓰려는 열망을 가진 사람들에겐, 어디에서 쓰느냐보다 언제 쓰느냐가 더 중요한 문제가 되었다. 많은 이는 글 쓸 시간을 확보하기 어렵다. 낮엔 직장에서 전투를 벌이고, 밤엔 육아 때문에 틈을 내기 어렵다.

그래도 글쓰기에 꽂힌 사람들은, 압도적인 기량을 가진 쇼트트랙 선수가 자그마한 틈을 파고들어 앞 선수를 추월하듯이 작은 틈을 찾아내고야 만다. 재즈 카페를 운영하던 하루키

가 일과를 마치고 들어와 부엌 식탁에서 소설을 썼다는 일화
는 유명하다. 전업 작가가 되기 전에 쓴 하루키의 첫 소설은
'키친 테이블 노블'로 불린다. 이 말이 요즘엔 '키친 테이블 라
이팅'으로 확장되었다. 비전업 작가가 일과를 마치고 난 후에
하는 글쓰기를 의미한다.

우리는 옥중에 있거나, 궁형을 받진 않았지만, 옛날과는 또
다른 '극한 글쓰기'의 상황에 몰려 있다. 오늘날의 여러 난관
을 넘어서서 글쓰기에 열망을 가진 우리가 궁극적으로 도달
하고자 하는 지점에 대해 이야기하고 싶다.

아마추어와 프로의 간극

내가 사랑하는 소설, 필립 로스의 《에브리맨》(정영목 옮김,
문학동네, 2009)에는 우리 모두 가슴에 새겨야 할 문장이 나온
다. "영감을 찾는 사람은 아마추어이고, 우리는 그냥 일어나
서 일을 하러 간다."

글쓰기를 사랑하는 우리가 궁극적으로 지향해야 하는 태도
가 여기 있다. 난 컨베이어 벨트 옆에서 무심한 얼굴로 능숙
하게 나사를 돌리는 제조공처럼 글을 쓰길 원한다. 내 기분과
상관없이, 소에 쟁기를 연결해서 비가 오나 눈이 오나 논으로

나가는 농부처럼 쓰길 원한다. 뭔가 느낌이 오길 기다리는 게 아니라, 틈만 나면 앉아서 글을 쓰는 사람. 그냥 단순노동하듯 글을 쓰는 사람이 되고 싶다. 이런 사람은 글쓰기 행위에 어떤 기분이나 감정도 개입되지 않는다. 다만 키보드에 손을 올리고, 백지를 향해 전진할 뿐이다. 백지에 한 고랑, 한 고랑 쟁기질을 하는 것이다.

내가 좋아하는 공자의 말이 있다. 공자가 70세를 일컬어 한 말이다.

'종심소욕 불유구(從心所慾 不踰矩)', 하고 싶은 대로 해도 법도를 어기지 않는다.

노동하듯 글을 쓰다 보면, 공자의 말을 좀 바꿔서 '쓰고 싶은 대로 써도 망작이 나오지 않는' 정도의 글쓰기 수준이 될 것이고, 그런 역량은 다시 '그냥 일어나서 일을 하러 가는' 글쓰기로 이어질 것이다.

결국 필립 로스의 말은 우리의 도달점임과 동시에, 그 목표를 이루기 위한 방법이다. '그냥 일하러 가는' 행위를 통해 '그냥 일하러 가도 되는' 수준의 글쓰기 역량을 기른다는 것.

늘 꿈꾼다. 환경의 지배를 받지 않는 글쓰기, 환경을 탓하지 않는 글쓰기를.

책과 나

난 왜 그러는 걸까.

하루에 한 권 꺼내기도 빠듯하다는 걸 미리 알고서도 매일 읽지도 않을 책을 서너 권씩 가방에 넣고 다닌다. 그래서 비싼 가방, 싸구려 가방 할 것 없이 수명을 단축시킨다.

여행을 갈 때면 아이들이 잠들고 나서야 밤에 시간이 조금 남는데, 그 짧은 시간에 읽을 책들을 다른 것들보다 먼저 챙긴다. 여행지에서 낮에 보내는 12시간만큼 모두가 잠든 밤, 홀로 보내는 1시간을 기대한다.

난 호시탐탐 죽은 고기를 탐하는 하이에나처럼, 도서관과 서점을 드나들 기회를 노린다. 학교 애들한테 축구를 가르치며 함께 뛰거나, 늦은 밤 중역 의자에 몸을 기대고 영화를 보는 것 정도를 제외하곤 별다른 취미도 없다. 시간 여유가 생기면 가는 곳이 도서관, 서점이다.

내가 번 돈 중에 온전히 나 자신을 위해 쓰는 돈은 미미하다. 그마저도 대부분 책을 사는 데 쓴다. 그럼 나머지 돈은 다 어디로 가는 걸까. 그렇게 강박적으로 책을 탐하면서도, 책을 많이 읽지 못한다.

오랫동안 이 같은 내 행동에 대해, '난 왜 그러는 걸까.'라는 질문으로 분석하려고 했다. 하지만 이제 깨닫는다. 그건 분석할 대상이 아니라, 그런 여러 사실이 나라는 인간을 설명하고 있음을. 무척 합리적이고 효율적인 사람도 어떤 부분에선 지극히 비효율적인 일을 용인한다. 어쩌면 그런 부분이 '그게 바로 나' 내지는 효율이라는 가치를 뛰어넘는, 그 사람이 지향하는 바에 가깝다고 할 만한 게 아닐까.

앞으로도 이렇게 내 시간과 돈을 사용하며 대부분 생을 보낼 것 같다. 이런 일을 하며 즐거워하고 만족할 수 있다는 점에 감사한다. 가성비로 보자면, 잠을 즐기는 사람에 비할 바는 아니지만.

만화 〈드래곤볼〉에서 주인공 손오공이 처음 권법을 연마할 때 훈련하던 모습이 생각난다. 무거운 쇠를 종아리에 차고 생활하는 것 말이다. 무거운 쇠를 차고 지내면, 처음 얼마간은 걷거나 뛰기도 힘들 정도지만, 시간이 지나면 단련이 되어 자연스러운 움직임이 가능해진다. 그 훈련 방법은 단순히 다리 힘을 기르는 것이 아니었다. 몇 달이 지나 그 쇠를 종아리에서 빼냈을 때, 손오공의 몸은 너무나 가벼워져서 몸이 공중에 뜰 정도가 되었다. 얼마 지나지 않아 손오공은 자유자재로 공중 도약을 하며 장풍을 날려댔다.

중학교 때 만화에서 이 훈련법을 처음 접했을 때, 지극히 과학적이라는 생각이 들었다. 종아리에 쇠를 차고 다니면, 언젠가는 나도 손오공처럼 공중 도약을 할 수 있을 거라고 믿었다.

손오공이 했던 훈련처럼 나는 매일, 책으로 무게를 보탠 백팩을 짊어지고 다닌다. 이 책들을 다 읽고 가방에서 덜어내는 날, 난 어쩌면 공중 도약을 하게 될지도 모른다. 아직 장풍 쏘는 법은 모르지만, 공중 도약을 하게 되면 뭐라도 날릴 수 있게 되겠지.

〈원숭이 꽃신〉이라는 동화가 있다. 맨발로 생활하던 원숭이가 어느 날 오소리로부터 꽃신을 얻어 신게 된다. 신발을 신다 보니 발에 박혀 있던 굳은살이 없어졌다. 굳은살이 사라지자, 원숭이는 다시 맨발로 살아갈 수 없게 된다. 처음에 공짜로 신발을 주던 오소리는 신발 가격을 점점 높인다. 원숭이는 어쩔 수 없이 비싼 값을 주고서 꽃신을 사 신게 된다.

예전에 이 동화를 읽었을 때, 난 어쩌면 책이라는 신발을 신게 된 원숭이가 아닐까, 하는 생각을 했다. 예전엔 거친 들과 나무를 맨발로 뛰어다닐 수 있었다면, 이제는 책이라는 신발을 신지 않고는 삶의 들을 걸어갈 수 없게 된 것이 아닐까 하는.

동화에서는 신발에 적응해버린 원숭이를 안타까운 시선으로 바라보고, 원숭이를 꾀어서 신발을 신긴 오소리를 탐욕스러운 장사꾼으로 여긴다. 하지만 책이 신발이라면, 문제는 달라진다. 나는 이 신발에 익숙해진 것이 다행이라고 생각한다. 이 신발 없이도 아무 불편함 없이 잘 살아갈 수 있는 상태를 바라지 않는다. 그것은 또 하나의 세계를 잃어버린 채 살아가는 것과 다름없기 때문이다.

신발을 얻기 위해 점점 더 많은 값을 치러야 했던 원숭이처럼 난 책 읽을 시간을 얻기 위해 점점 더 큰 비용을 지불해야 하는 상황에 이르렀다. 책 없는 맨발은 아프지만, 책을 신고 걸어갈 때 삶엔 의미 있는 흔적이 남는다.

—

　나에게 좋은 책은, 읽는 동안 새로운 생각이 머릿속에서 계속 피어나 뭐라도 쓰고 싶게 만드는 책이다. 아이러니하게도 좋은 책을 읽는 동안엔 그 책에 온전히 집중할 수 없다. 책의 내용과 쓰고 싶은 내용이 머릿속에서 뒤엉키기 때문이다. 그런 이유로 좋은 책은 진도도 잘 안 나간다. 쓰기 위해 책을 수시로 덮기 때문이다.

　내용에 설득력이 없고, 별 감흥이 없는 책도 자주 덮는데 이런 경우, 책을 다시 펴지 않으려고 나 스스로 이런저런 변명을 늘어놓기도 한다. 난 썸만 타다가 본격적으로 사귀기 직전 단계에서 이리저리 피하는 사람처럼 일말의 죄책감을 갖고 책을 대하게 된다. 그 책은 책상과 소파 한구석에 내 연락을 기다리며 쌓여 있다가 어느 날, '여기 좀 정리해야겠는걸.' 하는 무심한 손길에 의해 책장으로 옮겨진다.

　좋은 사람을 만나는 일처럼, 좋은 책을 만나는 것에도 행운이 따라야 한다. 좋은 이를 만났을 때 나 자신을 사랑할 수 있는 면을 새로이 발견하게 되는 것처럼, 좋은 책은 내가 이런 생각을 할 수 있다니, 이런 감정을 느낄 수 있다니, 하게 되는 순간을 자주 만들어준다. 멋진 일이다.

좋은 책이 만들어주는 가장 멋진 일은, 내가 누군가에게 그 책 같은 사람이 되고 싶게 하는 것이다. 나도 누군가에게 영감을 주고, 따뜻한 느낌과 생경한 감정을 주는 사람이 될 수 있다면 얼마나 멋질까. 좋은 책을 만나는 일과 좋은 사람이 되는 일은 이런 면에서 연결되어 있다. 어떤 책을 읽기 전과 읽은 후의 내가 조금도 달라지지 않았다면 독서에 의미를 부여하기 어려운 게 아닐까 싶기도 하다.

그 자체가 경이로워 문구를 오래도록 기억하는 책이 있는가 하면, 콩나물시루의 물처럼 다 빠져나가서 특정한 문구는 기억나지 않지만 분명히 내가 성장하는 데 자양분이 된 책들이 있다. 살면서 내가 만났던 수많은 사람도 마찬가지다. 또렷이 기억나는 사람들과 지금은 기억이 희미한 사람들, 그리고 그런 책들이 지금의 나를 조성해왔다. 누군가는 대가 없이 얻는 행운을 바라지 않겠다고 공언하지만, 난 좋은 사람과 좋은 책을 만나는 행운을 포기하지 않겠다. 뻔뻔하기 그지없어도 대가 없이 주어지는 은혜에 몸을 푹 담그겠다.

아기 띠를 하고 서점에 간다는 것

　우리 가족이 중심가에서 외식을 하거나 아내를 따라 백화점에 들를 때는, 보통 내가 돌도 지나지 않은 둘째를 맡곤 했다. 아기는 외출을 좋아한다. 하루 종일 온 집 안 구석을 기어다니며 탐험을 즐기던 아기는, 외출을 위해 겉옷을 입히고 아기 띠를 하는 순간부터 즐거운 비명을 지른다. 아기는 더 넓은 세계로 나아가는 것을 눈치채고 아껴놓은 개인기도 방출한다. 개인기는 도리도리와 손 흔들기인데, 대문 밖을 나서면 목이 돌아갈 정도로 세차게 도리도리를 해준다.

　중심가에 있는 백화점 바로 앞엔 큰 서점이 있다. 중심가를 지나다니면 이 서점을 꼭 지나치게 되는데, 백화점에 들어갈 때나 나설 때나 내 시선은 늘 그곳을 향한다. 볼일을 마치고 집에 가기 전에, 난 아내에게 서점에 들렀다 가자고 부탁한다.

아내는 내 가슴에 매달린 아기 띠 속의 둘째를 가리키며, 괜찮겠어? 라고 한마디 한다. 난 물론이지, 라고 답한 뒤 서점으로 들어간다.

아, 책들의 마을, 고향 같은 이곳에 또 왔다. 오래된 책의 향기는 피톤치드처럼 내 몸속의 산소를 활성화한다. 종이의 재료가 나무이니, 내가 느끼는 청량감이 착각만은 아닐 것이다.

아내와 네 살 된 첫째는 손을 잡고 저 뒤쪽 유아 책이 모인 서가로 사라졌다. 난 최근 들어온 도서가 진열된 책장에서부터 책 구경을 시작한다. 내 앞에 매달린 아기는 잠시 생경한 풍경을 파악하느라 주변을 두리번거리며 숨죽이고 있다. 책장에서 눈에 띄는 책을 한 권씩 뽑으려고 책장에 가까이 다가서면, 아기는 책장으로 손을 내민다. 내가 책을 뽑으면 책장은 아기의 손에서 멀어지는데, 그때 아기는 끙, 하는 소리를 낸다. 내가 책을 두세 권 뽑아 들 때마다 한 번씩은 책장에 가슴을 밀착해서 아기가 책등을 손으로 만질 수 있게 해준다.

내가 한 책장에 머물 수 있는 시간은 한정적이다. 한곳에 오래 서 있으면 정확한 타이머처럼 아기는 큰 소리를 낸다. 그 소리가 얼마나 크냐면, 서점의 맨 끝에 위치한 아동 도서

서가에서 구경하고 있던 첫째가 그 소리를 듣고 달려올 정도다. 아기의 소리는 작은 생활 소음만 떠다니던 서점의 공기를 꿰뚫고 지나간다. 그러면 난 황급히 다른 서가로 이동한다. 소기의 목적을 달성한 아기는 아기 띠 밑으로 비죽 나온 발을 양쪽으로 파닥거리면서 신이 나 한다.

나는 루틴에 따라, 영미 소설 서가로 이동한다. 거기서도 비슷한 일이 반복된다. 난 아기가 관리하는 타이머의 시간이 다 가기 전에 꼭 들춰보고 싶은 책을 선별해 살핀다. 다시 아기가 에엥, 하며 날 일깨우면, 이번엔 일본 소설 서가로 이동하고, 그 다음엔 에세이, 그 다음엔 독서와 글쓰기 관련 서가로 이동한다. 아기가 평소보다 흥분 상태에 있거나, 기분이 별로 좋지 않을 때는, 루틴의 끝까지 도달하지 못한다.

어제도 중심가의 대형 문구점에서 필요한 물품을 사고, 밥을 먹고 귀가하는 길에 서점에 잠시 들렀다. 어제의 여정은, 에세이 서가까지였다. 실내 온도가 높았는지 아기의 양 볼이 빨갛게 달아올랐기 때문에 아내에게 소환 통보를 받았다. 그때까지 구입할 책 하나도 고르지 못한 나는 에세이 서가에서 책 한 권을 겨우 집어 들고 나올 수 있었다. 노벨 문학상 수상 작가이자 세계적인 중국 소설가 모옌의 자전적 에세이,

《모두 변화한다》(문현선 옮김, 생각연구소, 2012)였다. 모옌의 단편 소설 하나를 오디오북으로 들은 적이 있다. 그 인연으로 집어 들게 되었는데, '모두 변화한다'는 선언은 내게 어떤 위안처럼 다가왔다. 이 책은 언제 읽힐 차례가 돌아올지 모르겠다. 책을 읽는 속도보다 구입하는 속도가 빨라, 내 방 책장엔 읽을 책이 줄을 서 있기 때문이다.

서점에 가는 행위는 내게 큰 의미가 있다. 그 행위는, 독서를 위한 과정의 일부가 아니다. 책들을 엿보며 아직 내게 열리지 않은 미지의 이야기가 이렇게나 많구나, 하는 생각을 한다. 수많은 이야기가 내 가까이에서 피톤치드를 뿜어내며 그 자리에 머물러 있다는 걸 확인하면 마음이 편안해진다. 책들은 언제나 말 걸어주길 바라는 부담 없는 사람처럼, 내게 인사를 건넨다. 한방에 함께 있어도 부담 없는 사람, 말을 걸기 전에는 뭔가를 요구하지 않는 소심한 친구처럼 책들은 그렇게 그곳에 모여 있다.

아기 띠를 하면 아가의 온기를 가슴으로 느낄 수 있다. 아기 띠를 하고 서점에 간다는 것은, 한껏 데워진 가슴으로 책을 대한다는 뜻이다. 어떤 통제와 구속도 받지 않는 상황에서 느긋하게 책을 구경하는 것보다 훨씬 뜨거운 심장으로, 간절한 마음으로 책을 대하게 된다는 의미이다. 앞으로도 한동안 아기 띠를 하고 서점을 방문하게 될 것이다. 훗날 아기가 서고 걷는 과정을 거쳐 어린이가 되었을 때, 난 서점에서 내 가슴에 매달려 책등을 쓰다듬던 그 작은 손을 그리워하게 될지도 모르겠다.

글쓰기에 관한 어떤 메모

글쓰기의 경지

글쓰기의 언저리를 맴돌며 어떤 경지에 오르고 싶은 열망이 있지만, 그 경지라는 것이, 기계처럼 탁구를 친다거나 묘기하듯 공을 다루어서 보는 이의 박수를 이끌어내는 종류의 것은 아니겠지.

다른 이의 평가와는 무관하게, 나의 생각과 감흥을 얼마나 그 원형이나 본질에 가깝게 표현할 수 있는지가 경지에 가까워지는 과정이라면 과정일 것이다. 그리고 그 생각과 감정의 원형을, 글로 표현하고 바깥 세계에서 복원할 만한 가치가 있는 것으로 벼리는 일도 경지에 도달하는 데 필요한 과정이다.

그렇다면 그 경지에 오르면 모두의 박수를 받게 될까. "그 문장을 보고 감탄했어요."라고 말하는 사람을 만나게 될지도 모른다. 하지만 그렇다고 해서 모든 이가 내 글을 가슴에 대고 비비지는 않을 것이다. 그것이 글쓰기로 오를 수 있는 경지의 무상함이고, 또한 신비다.

글쓰기가 등수를 정해 한 줄로 세울 수 있는 영역이 아니라는 점이 좋다. 감탄을 자아내게 하는 천의무봉의 글에 감흥을 느끼지 못할 수 있고, 반대로 허술하기 짝이 없는 문장에 감흥을 느끼며 젖어들 수도 있다.

결국 '글쓰기의 경지'라는 것은 이 정도 실력이면 상대를 쓰러뜨릴 수 있겠지, 하고 재는 가늠자가 아니다. 그런 기준은 스포츠나 기술적인 영역에나 존재하는 것이다. 글쓰기로 상대해야 하는 대상은 아무도 아닐 수도, 모든 사람일 수도 있다.

글쓰기의 경지는 단지 확률을 높이는 일이다. 내가 본 풀꽃의 미세한 떨림을 글이라는 진동판으로 전달해 독자에게 세상이 흔들리는 경험을 하게 할 확률, 내가 잡은 손의 온기를 글이라는 전도판으로 전달해 독자의 심장을 태워버릴 확률, 세상의 약하고 사소하기 짝이 없는 것의 소리를 글이라는 귓속말로 전달해 독자의 고막을 터뜨릴 확률. 그런 확률을 높이는 일이다.

그리고 무엇보다 첫 번째 독자인 나 자신이 내 글과 사랑에 빠질 확률을 높이는 일. 내가 생각하는 글쓰기의 경지란 그런 것이다. 아무것도 아닐 수도 있고, 모든 것이 될 수도 있는 그런 무엇.

오늘도 조금씩 그 경지에 접근하고 있다, 고 믿으며 그렇게 글쓰기의 언저리를 배회한다.

생활인으로 글을 쓴다는 것

차를 몰고 가다가 도로에 진입하려고 깜빡이를 켜고 서 있는 차를 만나곤 한다. 속도를 늦춰 진입을 도울 때도 있고, 그냥 지나칠 때도 있다. 지나치는 건 양보하기 싫어서가 아니다. 기껏 올려놓은 내 속도를 줄이지 않기 위해서다.

일상에서도 그런 일이 일어난다. 해야 할 일들을 뚫고 하고 싶은 일을 수행하기 위해선 삶의 속도, 습관의 관성을 높여야 한다. 그저 남는 시간에 하면 되겠지, 하고 마음먹는다고 절로 되는 게 아니다. 일정한 속도가 붙은 습관만이 분주한 일상에 널린 일거리들 사이에서 제 기능을 발휘한다. 내겐 독서와 글쓰기가 그러하다.

일정한 속도로 삶의 궤도에 올라선 습관 앞에 깜빡이를 켜고 양보를 구하는 일들이 생겨난다. 때론 사람이, 때론 일거리가 끼어들려고 저 앞에서 신호를 준다. 나는 속도를 줄이지 않기 위해 양보를 모르는 사람처럼 그냥 지나가기도 한다.

독서나 글쓰기를 업으로 삼지 않는 이상, 러시아워처럼 빡빡한 시간의 도로 위에서 '나만의' 시간을 누리기는 녹록지 않다. 기껏 올려놓은 습관의 속도는 사소한 일로 떨어지곤 한다. 아이를 재우다가 함께 잠들면 밤에 계획했던 일이 무위로 돌아가고, 습관의 관성은 또 한 단계만큼 속도를 잃는다. 습관은 너무도 쉽게 속도를 잃어버린다. 눈에 보이는 계기판이 없다는 게 다행이다.

생활인으로서 글을 쓰고 책을 읽는다는 것은, 끊임없이 습관의 속도를 올리고 잃는 걸 반복하는 과정이다. 그 과정을 통해서 조금이나마 앞으로 나아가고 있다고 믿을 뿐이다.

많은 작가는 작가임과 동시에 생활인으로 존재했다. 그들은 일상생활의 여러 가지 일을 처리하면서, 글쓰기의 감도 잃지 않는 방법을 터득한 사람들이었다. 앤 타일러라는 작가는 이런 멋진 표현으로 글쓰기와 일상생활의 공존을 표현했다.

나는 너무도 오랫동안 글 쓰는 자아 주위에 벽을 둘러치고 살았다. 그러면서 일상생활이 끼어들면 그 벽의 문을 닫고, 다시 글을 쓰기 시작하면 일상생활의 문을 닫는 법을 터득했다. 나의 두 자아가 다시 합쳐질 수 있을지 모르겠다.
　　―바버라 에버크롬비가 쓴, 《작가의 시작》(박아람 옮김, 책 읽는 수요일, 2020) 중에서

너에게 쓴다 — 짝사랑에게, 부치지 못한 편지

○○야,

함께할 날을 기다리고 있다. 함께할 일들을 재어놓고 있다. 언제라도 모든 즐거움을 풀어놓고 서로의 기쁨이 되어줄 순간들을 아껴두고 있다.

아직은 아니다. 때가 오지 않았다. 하지만 함께할 것을 믿는다. 내 심장이 말하고 지나가는 휘파람이 속삭이며 운명의 추를 움직이는 영적인 힘이 이따금 종을 울린다. 네가 내 마음을 찢고 나와서 실재할 것을 믿는다.

말하고 싶은 일들이 차곡차곡 쌓이고 그 봇짐에 들어갈 자리가 없어지면 풀어야 할 때가 오리니. 그때까지 가만히 그곳에서 기다려다오.

뜨거운 코코아를 손에 들고 붉게 변한 나뭇잎이 바람에 흔들리며 팔랑대는 소리를 듣는다. 나뭇잎 하나가 땅에 떨어진다. 땅이 진동한다. 가을의 무게로 떨어지는 나뭇잎을 받아내다가 땅의 심장이 울린다. 그저 작은 나뭇잎, 있으나 마나 한 가벼운 잎인 줄 알았는데, 가을의 무게를 지녔다. 네 이름이 내 마음에 떨어졌을 때 난 같은 느낌을 받았다. 이름 하나일 뿐인데, 세상의 무게를 지녔다.

모든 게 제자리를 찾고 잘못 꿴 단추가 다시 풀리고 헝클어진 시간들이 원래의 길을 찾아갈 것을 믿는다. 그 회복과 질서의 재배열 끝에 나는 너를 만날 것이다. 우린 함께할 것이다. 가지 못한 길을 갈 것이고, 보아야 할 것들을 한자리에서 볼 것이다.

느슨한 끈으로 서로를 묶을 것이고, 비로소 자유가 될 것이다. 함께하는 자유 속에서 우리는 달려온 시간을 반추하며 감사할 것이다. 이곳까지 이끄신 분을 함께 칭송하며, 우리의 생각보다 한참 위에 계신 그의 계획에 감탄할 것이다.

기다리라, 조금만 더. 함께 들을 노래가 많고, 함께 걸을 풍경이 많다. 원래 그 자리에 있었던 것처럼 서로 곁에 머물 것이다. 그렇게 되어 있다. 넌 아직 알지 못해도.

조급하지 말고 기다리다가, 내 짐을 내려놓는 날, 너를 안고 달릴 수 있는 날이 온 그때, 날 향해 달려오라. 감당할 수 없는 속도로 달려와 안기라. 그 시간 그 순간에 딱 맞춘 것처럼, 예정되어 있던 것처럼. 이미 우리가 한 번 겪은 일처럼, 그렇게.

○○년 ○월 ○일

이야기에게 ○○이 씀.

마음이 조금은 헐렁한 사람

초판 1쇄 발행	2020년 5월 25일
지은이	송광용
펴낸곳	(주)행성비
펴낸이	임태주
책임편집	고여림
디자인	디자인 스튜디오 [서 - 랍]
출판등록번호	제313-2010-208호
주소	경기도 파주시 문발로 119 모퉁이돌 303호
대표전화	031-8071-5913
팩스	031-8071-5917
이메일	hangseongb@naver.com
홈페이지	www.planetb.co.kr

ISBN 979-11-6471-105-5 (03810)

※ 값은 뒤표지에 있습니다. 잘못 만들어진 책은 구입하신 서점에서 교환해 드립니다.
※ 이 도서의 국립중앙도서관 출판예정도서목록(CIP)은 서지정보유통지원시스템
   홈페이지(http://seoji.nl.go.kr)와 국가자료공동목록시스템(http://www.nl.go.kr/
   kolisnet)에서 이용하실 수 있습니다.(CIP제어번호: CIP2020018264)

행성B는 독자 여러분의 참신한 기획 아이디어와 독창적인 원고를 기다리고 있습니다.
hangseongb@naver.com으로 보내 주시면 소중하게 검토하겠습니다.